講談社文庫

潜入 味見方同心㈤

牛の活きづくり

風野真知雄

講談社

目次

主な登場人物

月浦魚之進《つきうらうおのしん》　頼りないが、気の優しい性格。将来が期待されながら何者かに殺された兄・波之進《なみのしん》の跡を継ぎ、味見方同心となる。

お静《しず》　豆問屋の娘。夫・波之進を亡くした後も月浦家に住む。素朴な家庭料理が得意。

おのぶ　八州廻り同心・犬飼小源太《いぬかいこげんた》の娘。柔術と薙刀《なぎなた》の免許皆伝。

本田伝八《ほんだでんぱち》　魚之進と同じ八丁堀育ち。魚之進の推薦で、養生所見回りから味見方同心に。学問所や剣術道場にもいっしょに通った親友。

服部洋蔵《はっとりようぞう》　御広敷に詰める伊賀者。忍者ではない。

社家権之丞《しゃけごんのじょう》　将軍の毒見役。通称「鬼役」の御膳奉行。

筒井和泉守《つついいずみのかみ》　南町奉行。波之進の跡継ぎとして魚之進を味見方に任命。

八重乃《やえの》　大奥の女中で、台所の責任者。魚之進の情報源。

麻次《あさじ》　四谷辺りが縄張りの、魚之進が使う岡っ引き。猫好き。

中野石翁《なかのせきおう》　大名が挨拶に行くほどの陰の実力者。将軍家斉《いえなり》の信も篤い旗本。

北大路魯明庵《きたおおじろめいあん》　売り出し中の美味品評家。正体は尾張公と血縁の徳川元春《とくがわもとはる》。

潜入　味見方同心(五)

牛の活きづくり

第一話　傷だらけの麺

一

南町《みなみまち》奉行所の味見方同心である月浦魚之進《つきうらうおのしん》は、相棒である麻次《あさじ》とともに、江戸城大奥へとやって来た。上野《うえの》の寛永寺《かんえいじ》で、将軍の毒殺未遂があって三日後のことである。

いつものように、厳重な警護がなされた裏門をいくつかくぐって、大奥の台所に入ると、

——あれ？

いきなり変な感じがした。

台所の模様替えがあったとか、女中たちがすべて坊主頭になっていたとかいうのではない。まったく逆で、なにも変わっておらず、穏やかで、女が多いことからくる独特の華やかさが漂っている。

あれだけの一大事があったのである。

上さまが召し上がるはずのうなぎの薬味の山椒《さんしょう》に毒が入れられ、あやうくそれを口にするところだった。寸前に魚之進がその企みを見抜いて、同席していた中野石翁《なかのせきおう》に伝えることができたため、凶事は免れたのである。

当然、大奥の台所界隈《かいわい》も、もっと緊迫感に包まれているだろうと思っていた。もしかしたらその件について、大奥には、なにも伝えられていないのだろうか。

魚之進と麻次が顔を見せると、奥のほうにいたここの責任者である八重乃《やえの》が笑みを見せながら近づいて来て、

「月浦どの。よかったですね」

と、言った。

「よかった？」

「寛永寺へのお成りは無事に済んだではありませぬか」

「いや、まあ……」

いちおう報告はあったらしい。だが、あれを無事というのだろうか。毒物死が防げたのは幸いだったが、寛永寺のあんな奥まで曲者《くせもの》が潜入し、しかも毒を盛った者は捕まっていない。さらに、警護をしていた南町奉行所の同心、十貫寺《じっかんじ》隼人《はやと》は、寛永寺の庭で胸を刺されて亡くなったのである。

事態はいっそう深刻になっていて、「よかった」どころの話ではない。

「月浦どのもご活躍だったようで」

「いや、それほどでも」

「じっさいには、なにをなさったのです？」

「社家《しやけ》さまからはなにも？」

「ええ。ただ、月浦さまはご活躍だったとだけ」

「そんなことより、警護を担当していた同心が一人、死にました」

魚之進は、こみ上げそうになるのを我慢して、八重乃に言った。

十貫寺隼人の死は衝撃だった。腕のなかに、まだあの感覚が残っている。それは、兄の波之進《なみのしん》のときともかぶってしまう。魚之進は、自分の身代わりになってくれたような気もしてしまうのだ。

「それも聞きました。最初に町方の同心が亡くなったと聞いて、まさか月浦どのかと、胸が塞《ふさ》がる思いでした」

八重乃は胸に手を当て、症状でも訴えるみたいに言った。

「はあ」

「でも、月浦どのでなかったと聞いて、ホッとしましたよ。よかったですね」

どうも頓珍漢《とんちんかん》なのである。

「よくはないですよ。こちらの台所も、ますます気を引き締めていただかなければ」

「ここも？」

「はい」

　魚之進は強い口調で言った。

　いったい将軍の毒見役である御膳奉行の社家権之丞《ごんのじょう》は、あの事態をどう伝えているのだろうか。

　魚之進が憤然としたとき、ちょうどその社家が、奥の廊下からやって来た。

「おっ、月浦！」

　これも、馬で一っ走りしてきたみたいな、爽《さわ》やかさを感じさせる調子で言った。あのときの、山椒の毒見をしろと言われたときの怯《おび》え切った表情を見ているだけに、この明るさには、腰が砕けそうになる。

　それでもどうにか、

「先日は、危ういところでした」

　と、魚之進は言った。

「まったくだ。わしも、寛永寺の厨房《ちゅうぼう》主任の坊主にはみっちり説教しておいたぞ。二度とこのようなことはと申しておったので、もう大丈夫だろう」

「なにが大丈夫なのですか。下手人《げしゅにん》は捕まっておりませぬよ」

「それはそうだが、御広敷《おひろしき》の伊賀者《いがもの》たちが必死の探索をつづけておる。まもなく捕縛できるに違いない」

社家がそう言うと、八重乃もうなずいた。

「月浦どの。褒美《ほうび》はありましたか？」

八重乃が訊《き》いた。

「いいえ、そんなものは」

「まあ。町方はケチ臭いのですね。では、せめておいしいお茶とお菓子をごちそうしましょう。ささ、上に。そちらの御用聞きもいっしょに」

八重乃がそう言うと、

「うむ。それはいい。鈴木越後のうまい羊羹《ようかん》がきているぞ。もちろん、毒見も済ましてあるでな。あっはっは」

社家が、花見の宴会芸でも見ているみたいに笑った。

「そんなことより、わたしは御広敷の服部《はっとり》さまと打ち合わせをしなければなりません」

魚之進は、怒って喚《わめ》き出したいのをこらえながら言った。

八重乃はさすがに魚之進の権幕に気づいたらしく、

「そうですか。では、こちらに」

と、魚之進を案内した。麻次は台所の土間で待っているしかない。

途中に腰かけを置いてもらいたいくらい長い廊下を進み、伊賀者が詰めている御広敷という部屋に来て、

「服部さま」

八重乃が呼んだ。

「おっ、月浦どの。待ってましたぞ」

服部が急いで寄って来た。ようやく、緊張感のある顔をした人間に会えた。

「わたしをお待ちいただいたので？」

「ええ。例の件でですね」

「はい」

やっと話のわかる人がいた。

「町方の調べはどうなっているかと思いましてな」

服部洋蔵《ようぞう》は言った。相変わらず人当たりは柔らかく、魚之進などにも丁寧な口を利《き》いてくれる。

「調べようにも高い壁が立ちはだかっています。もう、寛永寺には入ることすらできませんし」

「そうなのです。あの坊主ども、上さまに近い方々にはずいぶんへこへこしたみたいですが、わしらには居直ったような口を利いておりましてな」

「居直った？」

「そう。拙僧どもがいくら警戒しても、周囲を守るお侍たちが、曲者を見逃しているようでは、どうにもならないなどとぬかしました」

「それはひどい」

と、魚之進は眉《まゆ》をひそめた。

「小坊主あたりに、曲者を見かけているのがいてもおかしくないのですが、その話を聞くことすら認めないのですぞ」

「わたしも小坊主の話は聞きたかったです。子どもというのは、意外によく見ていますからね」

「だが、寛永寺と悶着《もんちゃく》が起きるのを、上が嫌がってましてな」

と、服部洋蔵は、指を上に向けて言った。御広敷番の上は、どういう人なのか、魚之進にはわからない。

「それどころではないはずだと思いますが」

「まったく」

服部洋蔵は、大きくうなずいた。

「ところで、服部さまは、北大路魯明庵《きたおおじろめいあん》という人物はご存じないですか？」

魚之進は声を低めて訊いた。

「…………」

服部洋蔵は、ふいに硬い顔になって口をつぐんだ。

「本当の名は、徳川元春《とくがわもとはる》さまとおっしゃいますが」

「…………」

ますます硬くなった。

その名は相当差し障《さわ》りがあるらしい。

「ご存じなければいいのですが」

「いや、知ってます」

服部洋蔵は魚之進をまっすぐ見て言った。

「そうですか」

「町方も、そこまでたどり着いていましたか」

「御広敷番の方たちも？」

「ええ」

と、服部洋蔵はまだ近くに控えていた八重乃に、台所のほうにもどるようにと、顎《あご》をしゃくった。

「まあ」

八重乃は俄然《がぜん》、不服そうな顔をしたが、ここは言うことを聞くしかない。

「では、月浦さま。お先に」

魚之進は、八重乃の後ろ姿を見送り、

「やはり、目をつけておられたのですね？」

と、訊いた。

「ええ。もともと尾張《おわり》藩はお庭番《にわばん》のほうでも警戒の対象になっていたみたいで、われらもそちらから話は聞いていたのです」

「ははあ」

御三家といえど、安心はできないらしい。

「とくに、徳川元春さまは、大奥に大勢の味方をつくっていて、なんやかやと理由をつくっては、出入りするようになってしまわれたのです」

「そんなことができるのですか」

「理由さえつくればできるのです。現に月浦どのも出入りなさっているでしょう」

「たしかに」

「もちろん、徳川元春さまの動向には厳しく目を光らせていますので、妙なことはできるはずがないと思うのです」

「それはそうでしょうが」

と、魚之進はうなずいた。いくらなんでも、御広敷番が頼りないとは言えない。それに、お庭番とかいう人たちも動いているらしい。

「ただ、土居下御側組《どいしたおそばぐみ》が動いているという話がありましてな」

と、服部洋蔵は言った。

「え？　土居下……？」

「御側組です。尾張藩主が直々《じきじき》に動かしている隠密《おんみつ》たちのことで、江戸のお庭番に近い連中と言われていますが、なにせその存在は秘密めいておりまして」

「そんな連中が、魯明庵に協力しているのですか？」

「おそらく」

服部洋蔵は、厳しい表情でうなずいた。いままで見たうちで、いちばん伊賀者らしい顔でもあった。

二

この夜——。

魚之進は、南町奉行の筒井和泉守《つついいずみのかみ》に呼ばれた。

筒井は、夕飯は仕出しの弁当だったらしく、机に食べ終えた箱が載っていて、食後の茶をすすっていた。

「今日は大奥に行ったのだな?」

「行きました」

「どうだった?」

「それが……あれほどの重大事があったのに、皆、無事に終わったことだけを喜んでいるみたいで、気抜けしてしまいました。下手人もまもなく捕まると、高をくくっているみたいです」

魚之進がそう報告すると、

「そうなのさ。評定所でも、そんなふうだった。それで、わしがまだ危機は去っていないと申し上げると、責任のなすり合いまで始める始末でな」

筒井も困った顔で言った。

「そうなので」

「ただ、一部は本気で動いているらしい」

「ええ。今日、御広敷番の服部さんという人と話したところでは、どうも北大路魯明庵にも目をつけてはいるみたいです」

「そうか」

「また、御広敷番とは別にお庭番という人たちも動いているそうです」

「ほう。お庭番もな」

「なんなのです、お庭番とは？」

「上さま直属の隠密組織さ。連中が動いているなら、徳川元春さまもそう勝手な動きはできぬはずだがな」

「でも、向こうでは土居下御側組とかいう、やはり藩主の命で動く隠密組織が動いているらしいのです」

「なんと。それは、ずいぶん血の雨が降るかもしれぬ。月浦、まさかそなたを直接狙うことはないにせよ、いちおう気をつけたほうがよいぞ」

「わかりました。それはそうと、お奉行。上さまは毒殺未遂があったことは、本当にご存じなのでしょうか？」

魚之進は訊いた。

「そう聞いている」

「それで、なにかおっしゃっておられるので？」

「しばらくは外出をお控えくださるそうだ」

「それだけですか……」

「徳川元春さまの名は、まだ出せぬのだろう。下手《へた》したら、尾張藩とのあいだに戦でも起きかねない話だからな」

「なるほど」

一族のあいだの確執。それはたぶん、血で血を洗うようなことになりかねないのだろう。

「それと、十貫寺が言い残したことだがな」

「はい」

十貫寺は、お静《しず》の実家である〈大粒屋《おおつぶや》〉を脅迫している者と、魯明庵が結びついたと言い残したのである。さらには、美そのものが悪だと、意味不明なことまで言っていた。

「なにか見当はついたか?」

「いえ。まったく」

魚之進は悔《くや》しそうに言った。

このところ、脅迫者は鳴りを潜めている。大粒屋の見張りもつづけられていて、魚之進は新たに味見方に加わった本田伝八《ほんだでんぱち》にも、助けを依頼してあった。

「月浦、焦《あせ》らずにやろう。だが、なんとしても、十貫寺隼人の敵《かたき》は討とうな」

筒井和泉守にそう言われ、魚之進は思わず涙ぐんだ。

三

翌日——。

麻次とともに、小石川《こいしかわ》の坂の上にある十貫寺隼人の妻の家を訪ねた。

通夜と葬儀にも来たので、これで三度目になる。

三井《みつい》の別荘だけあって、さすがに大きな家である。別荘はほかにも、高輪《たかなわ》など、いくつかあると聞いている。

家は、店になっているわけではない。別荘の当主は、ここから日本橋北《にほんばしきた》の越後屋《えちごや》に通っているのだ。

十貫寺隼人の妻は、本家の長女だそうだが、むろん十貫寺が三井の後継ぎになったわけではない。ただ、親戚一同からも慕われ、頼りにされていたので、八丁堀《はっちょうぼり》に役宅はあるにもかかわらず、もっぱらこっちの家から通っていたという。

「じゃあ、あっしはここで」

と、麻次は遠慮して、外で待つことにして、魚之進だけが門のなかに入った。

まだ初七日も済んでおらず、家のなかはひっそりとしている。

魚之進は、離れの一室で、喪服《もふく》姿の妻女と会った。美男だった十貫寺と似合いの、やさしげな顔立ちだった。

「まだ、信じられません」

と、妻女は言った。

「わたしもです」

身近な人間の死というのは、なかなか信じられないのである。魚之進も、兄の波之進の死がいまだに信じられないときがある。

「隼人は、剣の遣い手でもありましたので、まさか刺されて死ぬなんて」

「はい。わたしもよほど意外な相手だったのだと思います」

「意外な相手？」

「まだ、わかりませんが、十貫寺さんも敵とは思ってなかったのでしょう。そんな相手にいきなり襲われたら、どんな剣の達人でも、防ぎようはなかったと思います」

「そうですか」

「それで、おそらく十貫寺さんは、なにか悪事の大きな手がかりを摑《つか》んでいて、そのために殺されたようなのです」

「まあ」

「家ではそうした話は？」

「ほんとはいけないのでしょうが、うちの人は調べていることをよく自慢げにあたしに話してくれていました」

「そうでしたか」

やはり十貫寺らしい。

「でも、このところ調べていた件については、まったく口をつぐんでいたのです。変だとは思っていましたが」

「おそらく、ご新造さまの身を案じたからだと思います」

「あたしの身を……」

「ご新造さまは、北大路魯明庵という人をご存じですか？　美味品評家という肩書で、江戸の町に出没しているのですが」

「ああ、はい。わたしが直接、知っているわけではないのですが、三井のほうで存じ上げていたようで」

「なるほど。そちらからですね」

「主人のほうは何度かお会いしていたようですが」

「近ごろも？」

「さあ、そこまでは」

と、妻女は首をかしげた。

「こちらに十貫寺さんの部屋はあるのですか？」

「ええ。書斎が」

「書斎……」

そういうのがあるのは、学者だけかと思っていた。

「見せていただくわけには？」

「どうぞ。こちらに」

西側の六畳間が、その書斎だった。

書斎の前の庭は谷に面していて、生い茂る木や草が、視界を防ぐようだった。一面の緑だが、真夏のそれと違って、秋の気配が感じられた。トンボが何匹も、行ったり来たりしているのは、いなくなったこの家のあるじを捜しているみたいだった。

「凄い数の本ですね」

魚之進は言った。

壁の三方に書架がはめ込まれ、本がびっしり並んでいた。

「主人は読書狂でしたから。明け方まで読みふけっているのもしょっちゅうでした」

「そうなので」

なんでも簡単にこなすようで、じつは大変な努力家だったのだ。たしかにそのことは兄の波之進も言っていたのに、十貫寺の物言いを聞いているうち、忘れてしまっていた。

机の上にも、何冊かの本が置いてあった。

手に取ると、医術と本草学の本だった。

「十貫寺さんは、医学に興味を？」

「あの人は何にでも興味はあったと思います」

「ん？」

どの本にも付箋《ふせん》が挟《はさ》んである。

魚之進はそこをめくった。

「へえ」

「なにかありました？」

「いえ。どれも、疱瘡《ほうそう》について書かれたところです」

「疱瘡？」

魚之進はさりげなく、妻女の顔や手を見た。きれいな白い肌である。

「どなたか、最近、疱瘡にかかった方は？」

「三井の家でですか？」

「はい。出入りされている人なども含めて」

「いいえ。わたしは聞いてません」

妻女は、そんな汚らわしいものはというように、強く首を横に振った。

そのとき、

「義姉《ねえ》さん」

と、襖《ふすま》の向こうで声がした。

「はい、どうぞ」

襖が開くと、若い武士がいた。十貫寺隼人によく似ている。ただ、隼人のように目立つような美貌ではなく、全体としてはごく平凡な顔立ちだった。

「兄貴の幼いときの剣術の師匠がお見えでして」

「客間で待ってもらってください」

「わかりました」

と、襖を閉めた。

「いまのは、十貫寺さんの弟さんですか?」

魚之進は思わず訊いてしまった。

「ええ。他家に養子に出た真人《まさと》さんです」

「十貫寺家にもどられるとか?」

「そんなわけにはいかないでしょう」

妻女は寂しそうに苦笑した。

「そうですよね。余計なことをすみません」

魚之進は気まずくなって、慌てて退散することにした。

四

十貫寺に弟がいたとは知らなかった。

魚之進は、十貫寺が亡くなって、その弟が十貫寺家の跡を継ぐのかと、咄嗟《とっさ》に思ってしまった。自分のことを当てはめてしまったのだろう。

妻女は、魚之進の問いを、苦笑して否定した。そんなことはあり得ない、と言いたかったのではないか。だったら、あの妻女が弟と再婚することになるのだから。

——あり得ないことなのだ。

魚之進の胸が重苦しくなってきた。

自分はあり得ないことを望んだのか。考えたらそうではないか。あの十貫寺隼人の妻女も、隼人に惚《ほ》れたからこそ、わざわざ同心の妻になったのだ。三井の長女だったら、大店《おおだな》の若旦那のところに嫁に行くというのが自然だったはずである。だが、お静が兄の波之進に惚れたくらい、この妻女も十貫寺隼人を本気で好きになったのだろう。あの颯爽《さっそう》とした美貌に。才気《さいき》煥発《かんぱつ》であるところにも。

それが、兄が亡くなったからといって、同じ血は引いていても、まるで違う弟の嫁になるわけがないではないか。

——なんてだいそれた妄想を抱いてしまったのか。

魚之進は、三井の別荘の外に出たときは、すっかり憂鬱になっていた。

「どうかしましたか？」

魚之進の表情からなにか察したらしく、麻次が心配そうに訊いた。

「いや、なんでもない」

「ご新造さまはさぞかし落胆なさってたでしょう」

「そりゃあな」

足取りが重い。

どこへ行く当てもなく、小石川の坂を下りると、まっすぐ本郷《ほんごう》のほうへ行く坂を上り始めた。少し息を切らしながら坂を上るうち、ようやく肝心の仕事のことに頭が向いてきた。

本郷の坂を上り切ったところで、

「十貫寺さんは、疱瘡に興味があったみたいなんだよ」

魚之進は言った。

「疱瘡ですか？」

麻次は不思議そうな顔をした。

「近ごろ、江戸で流行《はや》ってるのか？」

「いやあ、聞いたことないですね」

「なんか、気になるなあ」

「疱瘡がですか？」

「おいらの義姉さんの実家が何者かに脅迫されたよな」

「ええ」

「脅迫状には、お前のところは世のなかのイボだと書かれてあったんだ」

「疱瘡になると、イボみたいなものができるらしいですね」

「もしかして、十貫寺さんが当たりをつけていた相手が、いま、疱瘡らしき病にかかってるのかな」

「なるほど。だとしたら、捕まえるときは、気をつけないといけませんね。うっかりうつると面倒ですから」

「ほんとだな」

まっすぐ本郷から湯島《ゆしま》の坂を下り、上野《うえの》の大通りにやって来た。

「腹が減ったな」

雑用をこなしてからだったので、十貫寺の家に向かったときは、昼過ぎだった。いまはもう、八つ（午後二時）くらいだろう。

「減りました」

「ここらに、流行ってるうどん屋があったよな」

「ありましたね」

大通りは火除《ひよ》け地もかねていて、昼間から屋台も出ている。それがあるため、店は探しにくくなっていた。

「ええと、どこだっけな？」

と、通りを見回し、

「あ、あそこだな」

魚之進は指差した。

「ああ、傷だらけの麺《めん》のうどん屋ですね」

「そう言ってたよな」

この前、ほかの客がそう噂しているのを聞いたのだ。

「ここのうどんは、傷だらけの麺だぜ」と。

傷だらけの麺とは、いったいどういううどんなのか。やけに興味がそそられた。し

かも、

「むちゃくちゃうまいんだぜ。おれは、いま、江戸でいちばんうまいうどん屋はここだと思うな」

と、駕籠《かご》かきらしい男が言っていた。駕籠かきなら、江戸中いたるところで食べているだろうから、信用できそうな話だった。

店の前に来て、

「珍しく並んでいませんね」

と、麻次が言った。

「ああ。昼飯どきは過ぎたからな」

この前、通ったときは何十人も並んでいて諦《あきら》めたのだが、今日は縁台が一つ空いているではないか。のれんをくぐって、そこへすばやく腰をかけた。

店内はかなり広い。土間には縁台が七つほどあり、ほかに土間から上がって、畳敷きのところが細長く六畳分ほどある。この刻限でも、満員なのだからたいしたものである。

「なんにしよう……」

品書きの種類は、そう多くない。

ぶっかけうどん。

きつねうどん。

天ぷらうどん。

月見うどん。

花見うどん。

と、この五種類だけらしい。

「花見うどん？」

「ほら、ワカメを敷いた上に、ナルトを薄く切ったやつを花に見立てていっぱい散らしたやつですよ。なんでも風々亭町々《ふうふうていちょうちょう》とかいう三流戯作者《げさくしゃ》が考案したみたいですよ。月見うどんに対抗したんでしょうね」

「ああ、あれな」

結局、二人ともきつねうどんにした。

「お待ちどおさま」

女房にしては若過ぎる娘が運んできた。きつねうどんより、たぬきうどんを運ばせたい顔立ちで、愛想はあまりよくない。

「どれどれ」

と、うどんを箸ですくって、

「なるほどな」

魚之進は、すぐに綽名《あだな》を納得した。

硬めの太い麺に、細かい傷がいっぱい入っている。

すすり、噛んでみる。けっこう歯ごたえのある麺である。小麦のうまさが感じられるうえに、傷のおかげでタレがからみやすくなっているので、うまい。タレがまた、それほどしょっぱくなく、深みのある味わいなのだ。

「この傷が決めてか」

「ええ。でも、旦那」

と、麻次は調理場のほうを顎でしゃくった。

あるじがいる。まだ三十になっていそうもない。若いあるじだが、その顔や手に、細かい傷がいっぱいあるのが目についた。

「凄い傷だな」

「ええ」

「どうしたんだろうな？」

「喧嘩《けんか》の跡ですかね」

「どれだけ喧嘩してきたんだよ」

きりっとした顔立ちだが、荒くれ者という感じはしない。

「訊いてみたらどうです？　味見方なんですから」

と、麻次は魚之進をそそのかした。

「いやあ、そういうのは訊きにくいよ。だって、当人は気にしてるかもしれないし、思い出したくないんじゃないのか」

「まったく、旦那は優し過ぎですよ。じゃあ、あっしが訊いてみます」

「まだ、十手《じって》は見せないほうがいいと思うぞ」

「そうします」

たちまちうどんを食べ終えてから、

「うまかったぜ」

と、麻次は声をかけた。

「どうも」

軽く頭を下げただけで、別に笑顔はない。

「麺の傷も面白いが、あんたの傷も凄いな」

「ああ、これね」

「うどんを打つのに、傷はつかねえだろ」

「そりゃあね」

「なんで、そんな傷がつくんだい？」

「いや、まあ。その話は勘弁してください」

あるじは会話を避けるように、うどんを茹《ゆ》でていた弟子《でし》らしい若い男に、なにか教え始めた。嫌がったようすは、やはりなにか怪《あや》しい。

五

「ここらは、みかじめ料のことで揉《も》めたりしてるのかね」

外に出て、魚之進は言った。

「揉めてるという話は聞きませんが、あれだけ流行ってると、やくざは食いついてくるでしょうね」

麻次は、うどん屋を見ながら言った。

「麺に傷なんかつけてると、ほんとに傷のあるやくざが、誰に断わって、麺に傷なんかつけたんだとか、いちゃもんつけてくるかもな」

「あっはっは。やりかねないですね」

「ここらは誰の縄張りなんだ？」

と、魚之進は訊いた。

上野は大親分がまとめて取り仕切っているのではなく、二番手くらいの親分が何人も入っているのだ。その分、縄張りも入り組んでいる。

「裏が不忍池《しのばずのいけ》だから、うなぎの升蔵《ますぞう》でしょうね」

「性質《たち》は悪いのか？」

「悪いです。食いもの屋ではあまり聞きませんが、出合い茶屋のなかには、ずいぶん泣かされてるところがあるらしいです」

「そうか。臭いな」

「あのあるじがまた、脛《すね》に傷があったりすると、つけこんでくるでしょうね」

「やくざが出入りするとしたら、店が終わるころだろうな。あとでまた来よう」

それまで上野界隈を見回ることにした。

たいそうな賑《にぎ》わいである。江戸でいちばん人だかりがあるのは、両国広小路《りょうごくひろこうじ》と浅草《せんそう》寺《じ》裏の奥山《おくやま》だろう。次が日本橋《にほんばし》界隈で、上野広小路はその次くらいではないか。ほかの盛り場と比べて、仏具屋が多いのは特徴かもしれない。この数年は、矢場《やば》も目立つようになっている。

だが、味見方の見るのは、もっぱら食いもの屋である。

怪しげな食いものや、衛生上問題がありそうな店を点検しているうち、日が暮れてきた。あのうどん屋は、暮れ六つで店仕舞いするのだ。

もどると、ちょうどあるじがのれんを外すところだった。

のれんを巻き、なかに入れようとするとき、道の左右をゆっくり見回した。

そのようすを見て、

「なにか怪しいよな」

と、魚之進は言った。

「ええ。警戒しているみたいですね」

「やっぱり、やくざかな」

「あとは、誰かに恨みでも買ってるのか」

「まもなく、湯屋に行くよな」

「行くでしょうね」

大釜でうどんを茹でたりして、たっぷり汗をかいたはずである。まずは、その汗を流して、さっぱりしたいだろう。

「裸の身体を見れば、新たにわかることがあるんじゃないかな」

「なるほど。後をつけて、行ってみますか」

「うん。そうしようや」

弟子と手伝いの娘が帰って行った。

どうやらあるじは独り者らしい。

「あ、出てきましたね」

案《あん》の定《じょう》、手ぬぐいを肩にかけている。桶《おけ》を持たないのは、留桶《とめおけ》にしているからだろう。

広小路から奥に入ってすぐの湯屋ののれんをくぐった。

少し遅れて、魚之進と麻次も湯屋に入った。

そう混んではいない。仕事を終えた職人たちが入るのはもう少し前だし、お店者《たなもの》だともう少し後になる。ちょうど隙間《すきま》の刻限なのだろう。

着物を脱いで、洗い場に入ると、倶利伽羅《くりから》紋々《もんもん》の、どう見てもやくざというのがいた。

うどん屋のほうは、身体には傷も彫り物もない。傷は、顔と腕と足だけだった。

「よう、勘助《かんすけ》」

倶利伽羅紋々が、うどん屋に声をかけた。

「どうも」

うどん屋の名は、勘助というらしい。

「みかじめ料、払う気になったかい？」

やはり、ここらのやくざらしい。

「いや。うちは酒は出してないんで、揉めごとは起きないんですよ」

「そんなことはねえだろう」

やくざがもっと話したそうなのを無視して、勘助はざくろ口をくぐった。

「やくざは嫌いみたいだな」

と、魚之進は言った。

「ええ。ただ、あの野郎がしつこくすると、こじれそうなんで、一つ釘《くぎ》を刺しておきましょうよ」

と、麻次はやくざのそばに行き、

「よう。おめえはどこのもんだったかな」

「なんだと。おめえこそ何者だ？」

やくざは肩をいからせた。

「おれは黒門町《くろもんちょう》の佐平《さへい》と同業でな。縄張りは四谷《よつや》だが、訳あって近ごろはここらも回ってるのさ」

「これはこれは、十手持ちの親分さんでしたか」

「ちっと面倒なことになるんで、あのうどん屋にはからまねえでもらいてえんだ」

麻次は小声で言った。

「わかりました」

にゃんこの麻次なんて綽名《あだな》からは想像できない貫禄で、魚之進は内心で、

「虎嚙みの麻次」

と、綽名をつけたくらいだった。

六

結局、湯屋でわかったのは、うどん屋の勘助は、やくざに縁がないことと、やくざを警戒しているのではないということだけだった。

では、なにを警戒しているのかは、また明日にしようということで、麻次と別れ、役宅に帰って来た。

「ただいま、帰りました」

玄関口で声をかけると、

「よう。遅かったな」

なかから声をかけてきたのは、本田伝八だった。いまや、味見方の同僚である。

「なんだ、来てたのか」

「うん。奉行所でしばらく待ってたんだけど、なかなか帰って来ないので、もしかしたら直帰かなと」

「調べのため、上野の湯屋に入ったりしてたんでな。あっちの件か？」

本田には、通常の見回りに加え、大粒屋の見張りも頼んだのだ。十貫寺が妙なことを言い残したため、大粒屋の脅迫についてもう一度、調べ直す必要も出てきている。

「ああ。近ごろ見張っている別の岡っ引きというのがわかったぞ」

本田は自慢げに言った。

「にせものか？」

「いや、ほんとに十手持ちだった。牛込若松町《うしごめわかまつちょう》を縄張りにしている比呂吉《ひろきち》って岡っ引きなんだ」

「牛込若松町かあ」

すぐ近くに尾張藩の広大な下屋敷がある。徳川元春の手下として使われても、なんら不思議はない。

「いまはそれがわかっただけで、問い詰めたりはしてないぞ」

「うん。それでいい」

「明日もやつの動向は探るつもりだ」

「やるじゃないか、本田」

顔つきも違ってきている。小石川養生所見回りのときは、へぼ囲碁とへぼ将棋と休憩のし過ぎで、表情がとろんとしていた。

お静が、お茶を持って来て、

「本田さんからお菓子もいただいてますが、魚之進さん、晩ごはんは？」

「まだなんです」

「じゃあ、本田さんもごいっしょに」

「いやいや、帰ります。おいらは家で飯を食わないと、うちの軍団に吊《つ》るしあげられるんですよ」

真面目な顔で言った。それは、まんざら冗談でもない。軍団とは、母親に姉たちのことで、皆、気が強く、本田は子どものころから頭が上がらないできたのだ。

本田が帰ってしまうと、お静はすっと笑みを消し、

「聞きました」

と、言った。

「なにをです？」

「十貫寺さまのこと」

「ああ」

お静には伝えてなかったのだ。本田が話してしまったらしい。もっとも、いずれ伝わることで、魚之進の口からは言いたくなかったのだ。

「あの十貫寺さまが……」

「ええ」

兄の波之進と競い合ってきたことも、当然知っている。直接、面識もあったのかもしれない。

「同心の妻は怖いですね」

「…………」

魚之進は黙ってうなずいた。ほんとにそうだと思う。

晩飯が出た。冷ややっこに、小魚と昆布の佃煮《つくだに》、ネギの味噌汁には卵が落としてあ

った。贅沢《ぜいたく》な晩飯である。

黙々と食べたが、途中、いたたまれない気がしてきて、今日のうどん屋の話をした。

面白おかしく話したつもりだったが、

「傷だらけの麺……」

お静は微妙な表情をした。

「それが、汁が染みるのでうまいのですよ」

「よく考えたわね。自分も傷を持ってるからかしらね」

「じつは、そうかもしれないんです」

「その麺を食べたら、傷の手当をしてもらう気持ちになれるかしら」

そう言ってうつむいた。

「……………」

魚之進は、ますますいたたまれない。

七

次の日も、昼の混雑が過ぎた刻限に、勘助のうどん屋にやって来た。

今日は、魚之進が花見うどん、麻次が天ぷらうどんを頼み、

「はい、お待ち」

昨日とは別の、やけに愛想のいい娘が運んできたうどんに箸《はし》をつけようとしたとき、身体の大きな着流しの男が、すいとのれんを分けて入ってきた。

「いけねえ」

魚之進は慌ててどんぶりで顔を隠すようにしたので、汁を袴《はかま》にこぼしてしまった。熱さのあまり、思わず身体をくねくねさせてしまう。

「どうしたんですか?」

「ほら」

「あ」

北大路魯明庵である。

この男の食に対する探究心は、やはり本物らしい。もしも、将軍毒殺を企んでいる

なら、こんな庶民が食ううどんなど食っている場合ではないだろうが、それでもこうして足を運ぶのだから、ある意味、たいしたものだと感心する。

魯明庵は、調理場に近い縁台に座った。連れや護衛の者はいるのか、もしかしたら土居下御側組の者かと、外を窺《うかが》ったが、ここから見る限りではそれらしい者はいない。

「ぶっかけうどんだ」

と、注文した。ほんとにうどんの味を評価したいのなら、天ぷらうどんだの、ましてや花見うどんなどというのは頼まないのだろう。

これをふうふう言いながら、ずるずるとすすった。徳川の苗字を持つ者の食い方ではない。が、それが絵になった。

「麺に傷は面白いな」

魯明庵は調理場の勘助に言った。

「ありがとうございます」

魯明庵のことは知っているらしく、勘助は明らかに緊張している。

汁を啜《すす》って、

「ダシも面白いな」

「そうですか」

「キノコも使ってるか？」

「…………」

勘助の表情が硬くなり、うつむいてしまった。当たっているのだ。

「だが、キノコだと一年中は使えぬだろう？」

「…………」

勘助はうつむいたままである。

「ま、干せば、ある程度日持ちもするし、漬け物にしておけば、なんとかなるか。な？」

「いやあ、味の秘密ってことで勘弁してください」

「ふっふっふ」

それ以上、追求する気はないらしい。それはそうで、町のうどん屋の味の秘密を探るより、もっと壮大な野心を秘めているのだから。

魯明庵は、たちまち残りも平らげて、

「うまかったぞ」

と、どんぶりを置いた。絶賛と言っていいのではないか。

「ありがとうございます」

代金といっしょに、持っていた扇子をあるじに渡した。あるじが、いそいそと開くと、魯明庵の署名と花押《かおう》が書かれている。

「宝にします」

と、魯明庵の背中に向かって言った。

そのまま出て行くかと思いきや、

「おい、味見方」

魚之進のわきで足を止めた。

「………」

首を縮めて見られないようにしていたのだが、やはり気づいていたらしい。

「そなた、剣の腕はどうなのだ？」

笑みを含んだ声で訊いた。

「まったく自信がありません」

「そうか。それじゃあ、いい仕事はできぬだろう？」

「わたし一人で仕事をしているわけではありませんから」

「なるほどな」

「大勢助けてくれてますので」

　そう簡単においらを始末することはできませんよ、と言いたい。

「ま、頑張れや」

　ぱしっと肩を叩いて出て行った。

　呆然としていた麻次が、

「あいつ、いよいよ旦那に牙《きば》を剝《む》いてきたのでは？」

　と、小声で言った。

「そう思うか？」

「ええ。目はマジでしたぜ」

「それより、気になることを言ってたぜ」

「なんです？」

「ま、とりあえずここは出よう」

　と、うどん屋の外に出た。あるじや客に話を聞かれたくなかったのだ。

「なんです？」

「ダシにキノコを使ってると魯明庵は言ってただろ」

「ええ」

「しかも、それを秘密にしているのだ」

「ということは?」

「あいつが隠していることも、それにからむんじゃないか?」

「はあ」

麻次はたかがキノコのことでというふうに首をかしげた。

八

店じまいして、店主の勘助が一つ風呂浴びてきたあとである——。

魚之進と麻次は、うどん屋から少し離れた物陰にひそんでいた。

「旦那は、これからキノコ狩りに行くと思ってるので?」

「たぶんな」

あのあと、さりげなく調理場を確かめた。キノコは見当たらなかった。だが、明日も朝からダシを取るはずである。であれば、夜じゅうに採りに行くか、あるいは誰かが届けて来るのだろう。

「おい、麻次。あっちを見てみな」

魚之進は、湯島の方向を指差した。

そこに、三人ほど固まって、勘助のうどん屋を見ているではないか。あれは明らかに見張っている。

「やっぱり、なんかありますね」

「だろ」

それから四半刻《しはんとき》（三十分）ほどして、

「ん？」

うどん屋のほうから、かすかな物音がする。

「裏手だな」

「裏は池ですぜ」

「舟でも使うんじゃないか」

そっとうどん屋に近づき、裏に回って暗闇に目を透かす。ちらりと三人組のほうを見たが、なにも気づいていないらしく、同じところに立っていた。

「変なこと、してますぜ」

麻次が言った。

勘助は、丸太を二本、池の上に並べていた。

それを縄で縛る。すると、かんたんな筏《いかだ》ができた。

またがって、板で漕《こ》ぎ出した。

「なんのつもりなんですかね？」

「人の目を忍んで、キノコ狩りに行くんだろう」

「キノコ狩りがそんなに人目を忍ぶことですか？」

「それはわからないけど……」

後は追わなければならない。

「泳ぐか？」

魚之進は訊いた。

一人だけ泳ぐとしたら、麻次のほうだろう。

「ううん、どうしてもとおっしゃるなら」

今日はかなり涼しい。草むらで虫が鳴いていて、秋の気配はますます濃くなっている。水に浸《つ》かれば、寒くて風邪《かぜ》をひいてしまう。それだとお互い、明日から困るのである。

「よし。なんとか岸から追いかけよう」

うっすらと見える影と、水をかく音を頼りに、筏のあとを追う。三人組はまだそのままである。

魚之進と麻次は、池の端《はた》を上野の山のほうへ進む。

勘助も岸よりに漕いでいる気配である。

「弁天さまの島にでもわたる気かな」

不忍池をまっすぐ横切るつもりではないらしい。

「でも、橋の下をくぐりましたぜ」

「ほんとだ」

さらに北の方角へ漕いで行く。

「あ、岸に寄って来たな」

「あそこはお花畑ですぜ」

寛永寺が、不忍池の岸辺の一画を花畑にしているのだ。

「花畑でキノコでも栽培してるのかな」

「なるほど」

勘助は筏を下りた。

だが、そのまま花畑を横切った。

「え？　花畑じゃないみたいですぜ」

「山に上る気なんだよ」

「上は東照宮《とうしょうぐう》があるだけでしょう」

ここらは崖になっている。しかもかなり急な崖である。

勘助は藪《やぶ》に分け入り、そこから崖を上り始めた。

「ほらな」

「ここにキノコが生えてるんですね」

「ああ。寛永寺の寺領に忍び込んで採るんだから、人には言えないよな」

密猟みたいなものである。もし捕まれば、重罪だろう。

「そりゃそうですね」

魚之進も、少し離れたところから、崖を上ろうとしたが、

「うわっ、痛たたた」

笹《ささ》だの、野バラみたいな棘《とげ》のある木が生い茂っていて、たちまち腕に引っかき傷ができてしまった。

「あいつの傷はこれだったんだ」

「そうですね」

仕方がないので、下で勘助が来るのを待った。

「旦那。降りて来たら、ふん縛りますか？」

麻次が訊いた。

「どうしようか？」

寛永寺の坊さんたちは、毒殺未遂の下手人を捜すことにまったく協力してくれない。キノコ泥棒を差し出せば、協力してくれるかというと、まったくあてにならない。

「キノコを採ってはいけないとは書いてないよな」

「ええ」

「立ち入り禁止の札すらないぞ」

「まあ、ここを上るやつはいないでしょうからね」

「だったら、わざわざ罪人をつくる必要もないか。あんなに大勢の客が、うまいうまいって食ってるんだから」

「そうですね」

しばらくして、勘助は下りてきた。今宵《こよい》もずいぶん傷だらけになったことだろう。風呂敷包みは、かなり大きなものになっていた。

九

とりあえず、秘密はわかったので今宵は帰ることにした。勘助も急いで、筏に乗り込み、うどん屋へと引き返して行った。

広小路までやって来ると、

「おい、麻次」

「ええ」

うどん屋のすぐ前に、三人組がいた。戸口に張り付いている。

「押し込む気だな」

商家と違って、頑丈な戸に閂《かんぬき》を下ろしているわけではない。せいぜい、心張り棒をかっているくらいである。

三人組はそっと戸を外した。

魚之進と麻次はいっきに駆け寄って、

「おい、なにをしてる？」

と、声をかけた。

「げっ」

「邪魔するんじゃねえ」

三人組は殴《なぐ》りかかってきた。

魚之進は、顔を襲ったこぶしをぎりぎりで避けると、袖を摑んで引き寄せ、思い切り身体をひねった。腰投げが見事に決まり、

「いててて」

腰を打って、動けなくなった。

麻次は十手を取り出し、一人の首筋を叩《たた》いた。

「むぎゅっ」

と、変な声を出して倒れた。

あと一人。

「神妙にしろ」

「神妙にします」

へなへなとしゃがみ込んだ。

そこへ、

「どうしたんですか?」

戸が開いて、勘助が顔を出した。もう風呂敷包みは持っていない。

「押し込みだ」

と、魚之進が言うと、

「押し込みなんかじゃありませんよ」

しゃがみ込んだ男が言った。

「じゃあ、なんだ？」

「キノコを分けてもらおうと思っただけで」

「お前らもうどん屋か？」

「違います。あっしらは、薬草を集めているんです」

「薬草？」

魚之進が訊くと、勘助がわきから、

「こいつらは、あっしがダシに使っているキノコを、薬になるから譲れとうるせえんですよ」

と、言った。

「だって、食いものにするより薬にしたほうが、何十倍も儲かるだろうよ」

「でたらめの薬だろうが。おれのは間違いなく、美味をもたらすんだ」

「こっちは、命を救うよ」

言い合いをし始めたので、

「とりあえず、こいつらは番屋にぶちこむ。おい、勘助さん。あんたの話はまた明日、くわしく聞かせてもらうぜ」

「わかりました」

勘助は硬い表情でうなずいた。

「それで、今日採ったキノコを少し分けてもらうぜ」

魚之進はキノコを受け取り、三人組を茅場町《かやばちょう》の大番屋まで引っ立てた。

十

翌朝――。

奉行所で本田伝八に昨夜のことを話し、持ってきたキノコを見せた。キノコというのはだいたい妙なかたちをしているが、これは白い炎みたいに見える。

「これからダシが取れるとも思えないし、薬になるようにも見えないだろう」

と、魚之進が言うと、

「そうだ。キノコのことなら、養生所《ようじょうしょ》にいる竹井万作《たけいまんさく》という医者が詳しいぞ」

「ほう。それはぜひ、会って話を訊きたいな」

「じゃあ、いっしょに行こう」

麻次も、来ていたので、三人で小石川養生所に向かった。

小石川には、三井の別荘を訪ねて来たばかりだが、養生所があるのはもっと北側の高台だった。

門をくぐって、

「できたばかりのころは、医者も貧しい民に医療を提供するという理想に燃えていたらしいが、最近はそうでもないのだ」

と、本田は言った。

「そうなのか」

「おれが見た限りでは、医者もだらけてきたが、患者もひどいのだ。病を治そうというより、働きたくないやつが仮病を使って食っちゃ寝してるだけだったりするんだ」

「そうなのか」

確かに、ぼんやり庭に立っている患者の顔色は、そう悪くない。

竹井万作は、五十くらいの、坊主頭でなかったら、噺家《はなしか》みたいに見える剽軽《ひょうきん》な顔をした男だった。

「よう、本田さんじゃないか。また養生所にもどったのか？」

と、竹井は言った。

「そうじゃないですよ」

「おれは、本田さんがいなくなって囲碁や将棋の相手に不自由してるんだ。またもどしてくれと、奉行所に嘆願書を出そうかと思っていたんだ」

「勘弁してくださいよ」

本田は泣きそうになって言った。

「わかった、わかった。出さないよ」

「二度と来させないでくれという嘆願書ならいいですがね」

「なに言ってるんだ。ところで、なんの用だい？」

「このキノコなんですが」

と、わきから魚之進が昨夜のキノコを差し出した。

「ふうむ。これはわしらがミョウジンシラタケと呼んでる薬用キノコに似ているが、ちょっと違うな」

竹井は匂いを嗅ぎながら言った。

「ミョウジンシラタケというのは、薬になるんですか？」

「薬なのか、毒なのかよくわからないところがあるんだ。これを乾かしたやつを煎《せん》じて飲ませると、幻覚作用があってな、極楽とか天竺《てんじく》みたいなところに行ったような夢を見るらしいんだ。身体が弱った重病人に飲ませると、しばし元気を取りもどしたりするので、たまに使うんだがな。ただ、滅多に手に入らないから、値段は恐ろしく高い」

「ははあ」

三人組が押し込みまでして欲しがるわけである。

「だが、これはそれとは違うぞ」

「名はなんていうので？」

「名はあるかな。キノコというのはとにかくいろんなものがあってな。しかも、少しずつ変わっていったりするんだ。昨日まで毒がなかったのが、今日になったら毒になったなんてこともあるみたいだ」

「へえ」

「薬になるミョウジンシラタケなら、わしは関口《せきぐち》村あたりで採ったことがあるよ」

「関口ですね」

「こっちのほうは、湯脈のあるところに出るやつじゃないかな」

「湯脈が……」

そういえば、昔、あのあたりで湯が湧いたという話は聞いたことがある。

本田伝八とは水道橋《すいどうばし》のところで別れ、魚之進と麻次は茅場町の大番屋に向かった。

昨夜の三人は、おとなしくしていたらしい。

「おい、お前らは勘違いしているぞ」

と、魚之進は言った。

「勘違い？」

三人はいっせいに魚之進を見た。

「このキノコを狙ったんだろう？」

昨夜、勘助が採取したキノコを見せた。

「あ、そうです」

「これはお前らが探しているミョウジンシラタケというキノコではないぞ」

「違うんですか」

「ミョウジンシラタケだったら、うどんの汁になんか使ったら、皆、気がおかしくなっているはずだろうが」

「そこは、調理法でどうにかなるのでは？」

昨夜、魚之進が腰投げをかけた男が言った。

「あのキノコは、薬になるものではない。似ているが別のキノコで、お前たちが探しているのは、関口村あたりに出るらしいぞ」

「そうなので」

「放免されたら探してみるといい」

裁きになっても、せいぜい叱《しか》りつけられるくらいで済むはずだった。

魚之進はさらに、うどん屋の勘助を訪ねた。

「もう、あんたを襲うこともないだろう」

と、魚之進は勘助を安心させておき、

「上野の山で採っていることは黙認してやるけど、ほかにも探したほうがいいと思うぜ」

「ありがとうございます」

勘助は肩を縮めて頭を下げた。

「もしかして、傷だらけの麺は、自分の傷から思いついたのかい？」

「そうなんです。やってみたら、意外にうまかったんで」

「キノコが先か」

「ええ。キノコってのは奥が深いんですよ。まだまだ、どんな美味が潜んでいるか、わからねえんです」

「毒もあるだろうが」

「そうなんです。あっしは何度もキノコの毒に当たって、死に損ねました。傷は手だけじゃねえ。おそらく胃の腑だの腸《はらわた》だのも傷だらけですよ」

「なるほどな」

魚之進は、呆《あき》れつつも感心した。よくもそこまで、美味の探究に夢中になれるものである。だが、その分、美味というのは、傷だらけなのかもしれなかった。

第二話　結びどじょう

一

魚之進と相棒の麻次は、尾張町《おわりちょう》の大通りをぶらぶらと歩いている。今日は二人だけではない。いっしょに、本田伝八と、中間《ちゅうげん》の吾作《ごさく》という雲を突くような大男がいる。

本田はなかなか相棒が決まらなかったが、この吾作とは相性がいいらしい。

新たに味見方に任命されて半月ほど経った本田だが、

「いまいち、町回りのコツがわからないんだよ」

と言うので、

「コツなんかあるのかなあ」

と、魚之進はまるで自信のないことを言って、それでも一日いっしょに歩いてみることにしたのだった。

ここは日本橋からつづく通りで、そのまま東海道《とうかいどう》になっていく、江戸でいちばん人通りの多い道である。

それだけに多くの食いもの屋が軒《のき》を並べている。とくに表通りには、土産物《みやげもの》や贈答用にする高級な菓子屋が多い。それらの店は、女中や小僧を連れた奥方や女将《おかみ》たちでにぎわっている。

そうした店に食欲と色気の混じった視線を送りながら、本田は、

「食いもの屋はすべて、怪しいものを売っていないか、べらぼうな値をつけていないかなどを、見張ったり、点検したりするんだよな？」

と、訊いた。

「まあ、そうだな」

魚之進はうなずいた。

味見方というのは、美味品評家を名乗る北大路魯明庵のように、店の食いもののうまいまずいを評価するのが仕事ではない。食いものに関わるあらゆる悪事を探るのが仕事なのだ。

ところが、いざやってみてわかったが、その仕事は膨大だし、探れば探るほど、食いものの世界は広く深く、挙句には我々人間にとって、食うこととはなんなのかというあたりまで考えさせられるのだった。

「見張る際に、基準になる項目みたいなものはないのか？　たとえば、店ならここを見て、こうだったら、さらに突っ込むというような」

と、本田は言った。

魚之進はなかなか鋭い指摘だと感心し、

「ああ。たしかに、そういうのはあったほうがいいかもな」

「だろ？」

「でもなあ、そんなものをつくって点検して歩こうと思ったら、たぶん江戸を一回りするだけで、二、三年はかかってしまうぞ」

「それはそうだが、今後を考えたら、項目づくりはやっておく意味があるぞ」

「ところが、そんなことをする前に、食いものにまつわる事件が起きてしまうんだ。それで、その解決にやっきになっているうちに、また次の事件が起きる。日々、その繰り返しなんだよなあ」

「それじゃあ、味見方は休む暇もないだろうが」

「じっさい、ほとんどないんだよ。なんせ、これだけの江戸の人間が、毎日三度、さまざまな飯を食ってるんだからな」

魚之進は、ため息をついて言った。本来、非番である日も、ずいぶん仕事をしてきた。疲れがたまったときだけ、休みを取っているようなありさまである。

「飯は三度かな」

本田は苦笑しながら首をかしげた。

「あ、そうだよなあ。いまは、日に四度飯を食うやつも珍しくないんだ」

「おれもその一人だ」

江戸時代の初期というのは、武士も町人も朝と夕べと一日二度の飯が一般的だった。だが、町人が先に昼飯を食うようになると、武士もそれを真似、さらには朝飯、昼飯、夕飯だけでなく夜食が加わるようになってきた。

江戸は飽食なのである。そのくせ、地方では飢饉で餓死する人が出ていたりする。

「一日四食も食うのは、身体《からだ》にいいのかなあ」

魚之進は言った。

「おれも食い過ぎだとは思う」

と、本田は近ごろぽっこり出てきた腹を叩いた。

「その分、食いものにまつわる悪事も増えてるんじゃないのかねえ」

魚之進は、味見方の人員が増えても、非番の日はまったく増えていない。

芝口橋《しばぐちばし》のところで、向こうから見覚えのある若い娘が来ると思ったら、カエルのおのぶだった。「カエルの……」というのは、カエルに似ているから、魚之進が近ごろひそかにつけた綽名《あだな》で、もちろん当人には言えない。

「あら」

「やあ」

おのぶと魚之進が、同時に軽く手を上げて挨拶をかわすと、本田がわきで、

「よおよお」

と、小さくつぶやいた。

「なにが、よおよおだよ」

「嫉妬かな」

おのぶは、画帖を抱えている。

「なんか描いてきたのかい？」

魚之進は訊いた。

「どじょうをね」

おのぶは後ろを指差して言った。

うなぎだのどじょうだの龍だの、長いものはおのぶの得意な題材である。「だったら、うどんやそばの絵も描くのかい？」と訊いたら、それは描かないのだそうだ。なんで長いものが描きたいのかは、自分でもわからないらしい。

「そっちにどじょうが獲れるようなところはあったっけ？　麻布《あざぶ》の先あたりまで行か

ないとないだろ？」

と、魚之進は言った。

「ううん。その先の神社で、面白いどじょうが見られるって聞いたから」

「面白いどじょう？」

「結んだどじょう」

「なんだ、そりゃ？」

背筋を伸ばしたエビくらいに想像できない。

「これよ」

と、おのぶは画帖を開いた。

どじょうが結ばれて、クルリと丸くなっている。

「どじょうが自分でとぐろ巻いたの？」

「そんなわけないでしょ。クルリと結んで、沸騰したお湯のなかにポイって入れるの。すると、どじょうはほどく暇もなく、このかたちでお陀仏ってわけ」

「それ、おのぶちゃんがやるのか？」

と、本田が訊いた。

「あたしはこんなことできないよ。そっちの神社の境内で、縁結びどじょう汁っていいうのを売ってるの。縁結びの縁起物なんだって」

「へえ、縁結びどじょう汁かあ」

魚之進も知らなかった。

「それは、味見方としては放っておくわけにはいかないんじゃないか」

と、本田が言った。

「たしかに興味をそそられるな。場所はどこだい？」

と、おのぶに訊くと、

「そこの先を右に入るんだけど……いいわ。あたしが案内する」

いま見てきたばかりのくせに、もう一度見に行ってくれることになった。

二

さほど大きな神社ではない。境内もそう広くはない。どこの町内にも一つくらいある稲荷《いなり》神社である。が、そこに、十数人もの若い娘たちが、参拝に来ていた。しかも、うろうろして、どこか楽しげである。

「へえ。けっこう参拝客がいるんだ」

魚之進は、境内を見渡して言った。広さは十間四方くらいか。いちおう周囲にクスノキやケヤキが植えられ、小さな鎮守《ちんじゅ》の森になっている。

「若い娘ばかりじゃないか」

本田は、明らかに眼の色を変えている。味見方よりも、小娘方があったら、ぜったいそっちに行きたがっただろう。

「うん。急に参拝客が増えたみたいよ。あれのおかげで」

おのぶが指差した境内の隅に、その店はあった。

ろくに屋根もない露天の店で、縁台が四つほど並んでいる。そのうちの一つに、男女が一組座っている。

〈縁結びどじょう汁〉

と、看板も出ている。下手糞な絵も描かれてあって、それを見ると、おのぶがいかに絵がうまいかはよくわかる。

だが、反対側にも人だかりがあり、そっちはおみくじを売っているらしい。箱には、「あなたのご縁を占う」と、貼り紙があった。

「よう。どじょうより先に、あっちを引いてみようぜ。恋運占いだぞ」

と、本田が言った。

「そうね」

おのぶが賛成し、

「おいらもやってみるか」

魚之進もつい気分が乗ってしまった。

「あっしはいいでしょう」

と、麻次だけは遠慮し、ほかの四人は箱のなかに手を入れ、おみくじを一枚ずつ引いた。食いものではないので、代金はそれぞれ自分持ちである。

「見せちゃいけないんだよな」

と、魚之進は、小さく広げて書いてあることを読んだ。

「凶に落ちかけて末吉」

と、冒頭に書いてあった。

「どういう恋だよ」

つぶやいて、つづきを読むと、

「いまの恋は叶うまで何年もかかるだろう。諦めたほうがあなたのため。諦めきれぬなら、思い切ったことをして、運勢の大逆転を試すのもありか。幸福は、意外なところに落ちていたりする」

と、あった。

「なんのこった？」

だいたいが占いというのは、わかったようなわからないような、判じものみたいなものである。要は、ものごとはなべて解釈次第ということだろう。であれば、これも都合よく解釈したほうがいい。

「うん。苦労は実るわけだな」

そういうことにした。

本田を見ると、

「ああ、もう一枚引きたい」

と、ぼやいた。中身は推《お》して知るべしだろう。

おのぶはというと、

「そうよねえ。あたし次第か。やっぱりねえ」

と、半分納得したみたいな顔をしていたので、

「おのぶちゃんも末吉あたりかな」

魚之進は言った。

「まあ、そんなもの」

「おいらもだ」

「でも、魚之進さんて、ほんとにお静さんが好きなのかしら」

おのぶは、つぶやくように言った。本田にはたぶん聞こえていない。

「え？」

いきなり、なんということを言い出したのだろう。

「あ、ごめん。なんでもない」

「ほんとにってどういうことだい？」

とても聞き捨てにはできない。

「なんでもないって。ふと思っただけ」

おのぶは背を向けたので、それ以上は訊くことはできない。

一人、満面に笑みを浮かべていたのは、中間の吾作で、

「いやあ、あっしはくじ運はいいんですよねえ。去年の暮れは、富くじで十両当たりましたし。そうかあ、お花のやつも、あっしにベタ惚れか」

嬉しそうに、引いたくじを境内の梅の木の枝に結びつけた。もちろん「大吉」か、その上の「特大吉」だったのだろう。

「十両当たったってほんとか？」

本田が訊いた。

「ええ。正月のうちに、吉原《よしわら》でぜんぶ使っちまいましたけどね。あんないい思いをしたら本望ですよ。ひゃっひゃっひゃ」

「お前の運、半分、おれにくれ」

本田はいじましいことを言った。

「おいおい、こんなことより、おれたちはあっちだろうが」

魚之進は、無駄なことをしてしまったという思いで、どじょう屋を指差した。

縁台に座り、奥にいるあるじに、

「縁結びどじょう汁を五人前」

と、本田が注文した。

「でも、考えたら、ここって、神社の境内だよな。よく、神社が許可したもんだな。どじょう汁なんか生臭《なまぐさ》ものだろうが。あれって、殺生《せっしょう》じゃないのか」

魚之進は、奥にいる店のあるじを見ながら、小声で言った。

「ほんとだ。でも、神社はお寺ほどはうるさくないんじゃないのか」

本田がそう言った。

「そうかなあ」

魚之進は首をかしげたが、あるじのしぐさに見入ってしまった。

桶《おけ》のどじょうをスッとつまんで、くるりと結ぶと、後ろにある熱湯の鍋に入れる。どじょうは自分でほどく暇もなく、お陀仏である。

これをすくって、さらに別の汁で煮ると、縁結びどじょうの汁ができあがる。一椀には結ばれたどじょうが二匹入るらしい。

五つのお椀を盆に載せて、あるじが持って来た。一椀が二十四文で、屋台のしっぽくそばなどと同じ値段である。

「どれどれ、食べてみよう」

代金を払った魚之進が最初に口をつけ、皆でいっせいに食べた。

「けっこううまいな」

「ほんと」

「どじょう汁なんか、若い娘が食うかなと思ったけど」

「これなら食えますね」

独特の臭みもないし、ごぼうとかつおのダシに、餅《もち》が一つ入っているのがまた、ある程度食べごたえもある。

それにしても、あのどじょうを結ぶ技はたいしたものである。あれを見るだけでも、ここに来る価値はあるのではないか。

だが、ちょうど食べ終えたころ、

「なんか、あいつ見たことあるんですよね」

と、麻次が小声で言った。

「へえ」

魚之進は手先に目を奪われ、顔のほうはよく見なかったので、改めてあるじの顔を見た。

歳は四十半ばくらいか。小柄で痩《や》せている。眠ったような目をしているが、若いときはなかなかすっきりした顔立ちだったのではないか。

「どこで見たんだっけなあ」

麻次は真剣に思い出そうとしている。

「いい人間だった？」

おのぶが訊いた。

「いやあ、岡っ引き稼業をしてると、いい人間はすぐに忘れるんだけど、悪党は忘れないんですよ」

それは、同心も同じだと、魚之進は思う。

「でも、それほど悪党には見えねえけどなあ」

と、本田が言った。

「せいぜい掏摸《すり》ってとこかな」

魚之進がただの思いつきでそう言うと、

「あ、その掏摸ですよ」

麻次が手を叩いた。

「掏摸がどじょう屋を？」

「掏摸だったのは二十年ほど前です。助三《すけぞう》という名で、日本橋界隈を縄張りにして、ハヤブサの助三と言われていたんです」

「へえ」

皆、露骨にならないよう、ちらちらとあるじの顔を見やった。

「あのころ、岡っ引きたちは皆、現場を押さえようとやっきになったんですが、誰も成功しなかったですね」

「だったら、掏摸かどうか、わからないだろう？」

と、魚之進は言った。

「顔がわかったのは、足を洗ってからなんです。あっしの親分だった人が、腕のいい掏摸を捕まえたとき、ハヤブサの助三にはかなわなかったと、身元を吐いたんですが、すでに足を洗ってまして、なんの証拠も出なかったってわけで」

「足洗ってからは、何してたんだ？」

「板前になったはずです。ただ、あっしはまだ下っ引きでしたので、直接追いかけたわけじゃなかったですしね」

「ふうん」

　魚之進は、奥にいる助三を見つめた。

　また二人前注文が入り、どじょうを結んだが、そのしぐさはなるほど掏摸の早わざに通じる気がする。

「ほんとに足を洗ったのかな」

　魚之進は言った。

「そうでしょう。一時、名を売った掏摸がまた元の仕事にもどったら、たちまち噂になりますから」

「そうか」

　とは言ったが、魚之進はやはり、何かが引っかかっている。

「さあ、いつまでもゆっくりはしてられないぜ」

本田が立ち上がると、

「あ、あたし、用事があったんだ。元掏摸の話は気になるけど、行かなくちゃ。ごちそうさま」

おのぶはそう言って、境内から出て行った。

魚之進はまだ何か気になって、神社の鳥居のわきの凧《たこ》屋のおやじに、

「あの結びどじょうの店は、いつからやってるんだい？」

と、訊いてみた。

「ああ、あの店はひと月ほど前からですかね。まさか、あんなに流行《はや》るとは思わなかったけどね」

「なんで、流行らないと思ったんだい？」

「だって、最初のころは下手糞《へたくそ》でしたから」

「下手糞？」

「ええ。どじょうなんかくねくね動くでしょう。なかなか結んだりはできませんよ。でも、ずいぶん稽古したんでしょう。いまじゃ、あれは神業ですよね」

「そうだったのか」

「どうだ、月浦、納得したかい？」

と、本田が訊いた。

「いや、ますます怪しいよ」

「どこが？」

「掏摸の名人だったら、手先は無茶苦茶器用だよな」

「そりゃそうだろう」

「なのに、うまく結べなかった」

「足を洗ってたからだろうが」

「だが、また稽古して、指先の勘を取り戻したんだ」

「それは、どじょう屋の商売のためだろうが」

「そうじゃなくて、掏摸の稽古のために、あの商売を始めたとしたら？」

「ええっ」

本田は露骨に呆れた顔をし、麻次もそれはないというように首をかしげた。

三

翌日は、裃《かみしも》を着て大奥へ上がる日だった。

三日に一度の登城というのは厳しいなあ——と、魚之進はつくづく思うのである。巷《ちまた》の事件の調べも中断しなければならないし、逆に将軍の食事についても充分に突っ込んだ調べはできない気がする。それなら毎日、江戸城に上がれと言われたら、それもちろん困ってしまうのだが。

ため息をつきながら、麻次とともにいつもの道を辿《たど》って、大奥の台所にやって来た。

「あら、月浦さま」

入ったところにちょうど立っていた台所の責任者である八重乃が、魚之進を見て微《ほほ》笑《え》んだ。

「どうも」

魚之進は、微笑み返すほど馴れ馴れしくはなっていない。角ばった調子で挨拶した。

「来るときに北大路魯明庵さまとお会いになった？」

八重乃が訊いた。

「いいえ。来ていらしたのですか？」

「ええ。珍しいかぼちゃが手に入ったので、わたしたちにもお裾分《すそわ》けだと」

「かぼちゃが？　どれです？」

魚之進は血相を変えた。

「そこにあるものですよ」

八重乃が指差したところには、おおぶりのかぼちゃが二つ、風呂敷に包んだままで置いてある。

「ちょっと確かめさせてください」

魚之進はしゃがみこみ、かぼちゃを取り出し、麻次と二人でつぶさに眺めた。

「細かい傷や、針で開けたような穴がないか、よく見るんだ」

「ええ」

あまりに顔を近づけて確かめるようすがおかしいのか、

「まるで毒でも入っているみたい」

と、八重乃は笑った。

「それを心配してるのです」

「大丈夫ですよ」

「どんな食材にも気をつけてもらいたいのですが。だいたい、どうして魯明庵は、そんなにかんたんに大奥に入って来られるのです？」

魚之進は咎《とが》めるように訊いた。

「だって、年寄《としより》の滝山《たきやま》さまに頼まれごとがあったというのですから」

「滝山さまに……どんな頼まれごとです？」

「それは、あたしなどにはわかりませんよ」

「ううっ」

「だいたい、そのかぼちゃは上さまにはお出ししませんよ」

「ほんとですか？」

であれば、そう心配はないだろう。

「ええ。お女中たちにって持って来てくださったのですよ。栗やイモのように甘くてほくほくしたかぼちゃなんですって。魯明庵さまは、ほんと、女中たちの好みをよくおわかりだから」

「………」

魚之進が思っていることはとても言えない。魯明庵こそ、もっとも怪しい男なのだと。ましてや、魯明庵は尾張徳川家の血を引くお人なのだ。

八重乃のほうは、まったく疑ってはいない。むしろ、高貴な血を引くお方なのに、気さくで面白い人くらいに思っているのだ。

「お広敷番の服部さまにお会いしたいのですが」

と、魚之進は言った。いま、どうにか話が通じるのは、あの人くらいである。

「では、お広敷までお連れしましょう」

麻次は、土間からは上がれないので、台所で待つことになった。

八重乃はほかに用事があるらしく、お広敷の入り口まで案内すると、大奥のほうへもどって行った。

「さっきまで、北大路魯明庵が来ていたそうです」

挨拶もそこそこに魚之進は言った。

「ええ、わかってます。もちろん、われらも警戒していて、一挙手一投足、目を離しませんでしたよ」

と、服部洋蔵は言った。相変わらず、言葉使いは丁寧である。

「そうですか」

それでも、ああも始終出入りされては不安である。

「今日はなにか？」

と、服部が訊いた。

「ええ。お願いがありまして。大奥におられるという鬼役のお女中たちですが……」

大奥の食事は、鬼役の社家権之丞だけでなく、奥女中でひそかに「鬼婆《おにばば》」と呼ばれる二人も毒見をすると、八重乃から聞いている。さすがに鬼婆とは言いにくい。

「ええ、二人います」

「ぜひ、お話ししたいのですが」

「いいでしょう」

服部はうなずき、上司と打ち合わせたあと、その二人をお広敷のほうへ呼び出してくれた。あらかじめ、服部から名前を聞いたところでは、男まさりの立派な体格をしたほうが、みぞれといい、枯れ枝のように痩せたほうはあずきというとのことだった。

二人に対し、魚之進は平伏して身分と名を名乗ると、

「そなたのことは、八重乃から聞いてました」

と、みぞれが言い、

「わたしたちも、直接、話をしたいと思っていたのです」

あずきもうなずいて言った。

じっさいに話をすると、最初に見たときの恐ろしさはあまり感じない。巷にいれば、仲居とか医者の手伝いとかして働いていそうである。

「おいらになにかお訊ねなさりたいことでもあったので？」

と、魚之進が訊いた。

「寛永寺で、上さまの昼食になにか異変があったと聞いたのですが、詳しいことは誰も教えてくれないのです。それで、そなたに訊ねたいと思っていたのですよ。ほかにも、町方とわたしたちと、協力できることがあるはずですし」

みぞれが言った。

「それはぜひ」

魚之進も同意を示し、寛永寺であったことを詳しく伝えた。

「そんなことがあったのですか。恐るべきことですね」

あずきが言った。

「ええ。しかも、下手人はまだわかっていません。大奥でも、いっそう警戒を厳しくしていただきたいのです」

「もちろんです。それで、山椒の現物というのはありますか？」

みぞれが訊いた。

「あります」

証拠の品ということで、社家と町方と伊賀組とで分けて保存してある。

「それを確かめさせてもらいたいですね」

「では、われらが保存しているものをお持ちしましょう」

服部洋蔵がそう言って、またも上司の許可を得ると、奥の棚から壺に納めたそれを持って来た。

猛毒なので、何重にも封印してある。

「これをどうするのです？」

魚之進が訊いた。

「わたしたちは、この毒を知っておく必要があります」

「だが、匂いのきつい山椒に沁み込ませてありますから、直接嗅《か》いでもわからないと思いますよ」

「臭いはわからないでしょう。でも、ふつうの山椒と、これとの味を比べることはできます」

みぞれが、味噌汁の味でも比べるように、平然と言った。

「なんと、これを舐《な》めるのですか？」

「もちろん」

二人は平然とうなずいた。

まさに身体と命を張っている。なんとしても上さまの命をお守りするのだという気迫が漲《みなぎ》っている。社家とはずいぶん違う。

服部洋蔵が、またも上司に相談し、お広敷の責任者も立ち会って、毒見がおこなわれることになった。

水の入った桶に柄杓《ひしやく》が二本、空の桶、それと塩が用意された。

「では、始めますよ」

みぞれが言った。とくに気負ったようすもない。

二人は、最初にふつうの山椒を少し舐め、味を確かめた。無言のまま、懐紙に吐き、何度も口をゆすいで、空の桶に吐き出した。

つづいて、毒の山椒を舐めた。

「…………」

魚之進たちは、固唾《かたず》を飲んでなりゆきを見つめた。いきなりパタッと死んだりするのではないか。

二人は舐めたあと、しばらく舌の上におき、ふいに慌てたように懐紙に吐き出した。さらに、柄杓で汲《く》んだ水を口に含み、

「がらがら」

と、音を立ててうがいをした。見ようによっては下品なふるまいだが、しかし喉にこびりついた毒を流すためにはしなければならないことなのだろう。

それを三度、つづけた。

それから二人は塩を舐めた。毒消しにいいのかもしれない。

「どうでした？」

みぞれがあずきに訊いた。

「かすかなえぐみが」

「やっぱりね。わたしも感じました」

「フグ毒ではないですね」

「違うでしょう。たぶん草木の何かから採った毒だと思いますよ」

みぞれの言葉に、

「ええ」

と、あずきがうなずいた。

さすがに、毒見の専門家である。この毒は、おそらく深川の五右衛門鍋でも使われていたはずなのだ。

それから、二人はお広敷の責任者らしき人と服部洋蔵、さらに魚之進を見て、

「なんの毒かはわかりませんが、この味はもう忘れませぬ」

と、みぞれが言った。

「お見事」

お広敷の責任者が、膝《ひざ》を叩《たた》き、

「じつは、ぜひお伝えしておきたいことがござる」

と、北大路魯明庵の名を出した。

端《はた》で聞いている魚之進も緊張する。

「お年寄の滝山さまには注意なさるよう申し上げているのですが、どうもお聞き届けいただけないらしいのです」

二人はうなずき、顔を見合わせ、

「じつはわたしたちも、北大路魯明庵のことは心配しているのです」

と、みぞれが言った。

「そうでしたか」

「もちろん、魯明庵の本当の名も存じ上げております。ただ、あのお方は大奥に、闇鍋だの、甘いものだのを持ち込んで、女中たちを喜ばせているのですが、わたしたちにしたら、やはり心配です」

「でしょうな」

「上さまのお口には入らないようにはしておりますが、万が一ということもありますし」

「まったくです。では、今後、魯明庵については、お毒見役のお二方と、われらお広敷の伊賀者、お庭番の方々、さらに町方とで、わかったことはすべて共有するようにいたしましょう」

この発言に、膝を突き合わせた五人はうなずき合った。

――今日は、大いに実りがあった……。

魚之進は、いささか心強く感じたのだった。

四

昼過ぎになって、魚之進と麻次は芝口橋近くの稲荷神社にやって来た。もちろん、魚之進は裃姿から、ふつうの目立たない恰好になっている。

境内には本田がいた。中間の吾作は連れて来ていない。

魚之進を見ると、さりげなく寄って来て、

「だいぶわかったぞ」

と、本田は言った。

「そうか」

昨日、ハヤブサの助三について、奉行所の過去の記録などでできるだけ調べておいてくれと、頼んであったのだ。

「奉行所の捕物帖には、まるで記載がなかった」

「だったら、どうやってわかったんだ？」

「爺さんの例の日記に載っていたんだよ」

「え？　爺さんて、あの同じ名前の？」

本田伝八の祖父は、やはり本田伝八といい、定町回りを担当していた。恐ろしく疑り深い性格で、巷の怪しいことを細かく、アリの行列のように書きつけた『疑惑帖』という膨大な日記が、本田家には残っている。これには、奉行所の捕物帖にも載っていない細かいできごとが記されていて、魚之進は何度か役立たせてもらったのだ。

「そう、あの爺さんのだ」

「でも、二十年前のことだぞ」

爺さんが活躍したのは、もっと前だったはずである。

「あの爺さんは、ちょうど二十年前に隠居したので、もしかしたらと思って見てみたら、最後のほうに、あいつのことがいろいろ書いてあったのさ」

「それは凄い」

「爺さんは、かなりハヤブサの助三のことを追いかけていたみたいだ」

「へえ」

「なかなか捕縛できなかったのは、顔も身元もはっきりせず、現場を押さえられなかったこともあるが、金持ちしか狙わなかったせいもあるらしい。つまり、金持ちだと二、三両くらい盗まれても、面倒だから被害を訴えたりしないんだな」

「ははあ」

それはいまも同じらしい。たぶん、ほかに町方には探られたくないことがあったりするからなのだ。

「しかも、盗んだ巾着《きんちゃく》に五両入っていると、二両だけ抜いて、元にもどすみたいなこともしていたらしい」

「凄いな」

「爺さんは、あれは義賊かもしれないとも書いていたよ」

「へえ」

「でも、捕まえる前に足を洗っちまった。爺さんのことだから、だいぶ疑ったんだけど、ほんとに掏摸はやめたみたいだった」

「理由は書いてあったのか？」

「ああ。ハヤブサの助三は、二十年前、惚《ほ》れた女といっしょになり、子どもができたとわかったとき、足を洗ったのさ。爺さんの推測では、生まれて来る子どもが、おやじが掏摸だとわかったときのことを考えたらしい」

「ほう」

「生まれたのは女の子で、とにかく可愛がったみたいだ」

「掏摸をやめて、どうやって女房子を養ったんだ？」

「浜松町《はままつちょう》にいまもある〈天《あま》の川《がわ》〉っていう川魚料理屋で修業を始めたんだ」

「板前か」

「ああ。爺さんの記述はそこまでだったので、直接、その店に行って訊いてきたよ」

「やるじゃないか、本田」

「お前、おれを料理の腕がいいだけの男と思ってたのか？」

本田は見得でも切るように顎《あご》を動かして言った。

「そ、そんなことはないぞ」

「なかなか立派な料亭でな。おれは昼の膳を食ってみたが、味もたいしたものだった。助三は、つい最近までそこで板長として働いていたそうだよ」

「そうなのか」

「もともと手先は器用だったから、たちまち腕を上げ、天の川でも花板《はないた》と呼ばれるところまでいき、五年前からは板長になっていた」

「それがなぜ、あんな屋台の店を？」

「それは、どうも、娘のためみたいなんだよ」

「娘のため？」

「あるじもくわしいことはわからないと言ってたよ。店側もずいぶん止めたんだそうだ。もし、助三に会うことがあったら、給金を倍にするからもどってくれと言っていたと伝えて欲しいとまで言われたよ」

「そうか」

「当人に訊いてみるか？　客のふりしたって訊けるだろう」

と、本田は言った。

「ほんとうのことは言わないよ。それで、お前は警戒されることになる」

「だったらやめておくが、おれはだいたいのことはわかったぞ」

「なにが？」

「結局、助三は給金の不満で辞めたんだよ。おそらく娘の嫁入りで金がかかることにでもなったんだろう。それで、安い給金の板長より、たとえ屋台の店でも自分でやったほうが稼げると思ったんだよ。じっさい、けっこう流行ってるんだから、儲《もう》かってるはずだぞ。あいつは、もともと義賊のような掏摸だったんだ。また悪事に手を染める気なんてないんだよ」

「…………」

本田の考えは、筋も通っているし、常識的だとも思う。

それでも魚之進は、なにか引っかかっている。

五

魚之進と本田が、麻次と別れていっしょに奉行所にもどって来ると、門のところでおのぶが待っていた。

「あれ、おのぶちゃん」

「あの、どじょう屋の話、どうなったかと思って」

と、おのぶは言った。

「悪いが、捕物の中身は話せないぜ」

本田が気取った口調で言った。

「そうなの、魚之進さん?」

「うん、まあ。いちおうはそうだけど……」

だが、調べに役立てるため、わかっていることを他人に洩《も》らすことはよくあるのだ。

「でも、あのどじょう屋のことを教えたのは、あたしでしょ」

おのぶは、本田を見て言った。

「それもそうか」

本田はかんたんに折れた。

「でも、他人には聞かれたくないよな」

魚之進がそう言うと、

「じゃあ、おれんちに来るか？　久しぶりにそばを打つから、茹《ゆ》でたてを食いながら話そうじゃないの」

というので、三人で八丁堀《はっちょうぼり》の本田の役宅へ向かった。

本田の役宅は、月浦家より奉行所に近い岡崎町《おかざきちょう》にある。ここらも土地の一部を貸家にして、店賃を取っている同心が少なくないが、本田の家ではそれはやっていない。そのかわり、土地の一部に本田が使っている料理小屋がある。そこは最近、改築をして、寝起きまでできるようにしてあった。

初めてなかに入ったおのぶは、ずらりと並べられた調理用の道具を見て、

「凄いね、本田さん」

と、驚いた。

「いやあ、まだまだ揃えたいものはあるんだけどね」

本田は褒《ほ》められたみたいに喜んで言った。

すぐさま、そば打ちに取りかかった本田に、

「いまは、なにか凝《こ》ってるのか？」

と、魚之進が訊いた。

「卵かけご飯かな」

「ずいぶんかんたんな料理じゃないか」

「そう思うのはトウシロウだな。あれでけっこう奥が深くてな。かき混ぜ方から、しょう油の量などで、微妙に味が違ってくるんだ。おれはうまい卵をつくるため、ニワトリを飼おうと思ってるんだが、うちの女どもが、朝うるさく鳴くから勘弁してくれと言ってるんだよ」

「そりゃそうだろう」

と、魚之進は苦笑した。八丁堀でニワトリなんか飼ったら、ほかからも苦情が出ることだろう。

「でも、本田さん。嫁いらないね」

おのぶが、本田が手際よく作業するのを見ながら言った。

「いやいや、嫁いるよ」

本田はそばをこねながら、むきになって言った。

「こいつのは、ただの嫁じゃなくて、きれいな嫁なんだよ」

魚之進がからかうように言った。

「ああ、わかる、わかる。もてない人に限って、美人が好きなんだよね」

おのぶはチラッと魚之進を見た。「あなたもね」と胸のうちで言ったに違いない。

「おのぶちゃん、厳しいねえ」

本田は否定はしない。もてないことは自他ともに認めているし、それは魚之進も同様である。

そばをこね、細く切り、湯をわかしてある大きな鍋に入れて、ようやく茹で上がった。

「さあ、食ってくれ」

具はなにもない、タレにつけて食うだけのそばだが、

「あ、凄くおいしい」

おのぶは絶賛した。

「だろ」

魚之進もそう思う。調子に乗るからあまり褒めないようにしているが、下手なそば屋よりもうまい。

たちまち、一人二人前を食べ終え、

「さて、肝心な話だ」

と、例のどじょう屋の話になった。

魚之進が、ハヤブサの助三のことを話し、本田の見解も示したうえで、あれはやっぱり怪しいと話すと、

「じゃあ、お前はまだ、あのどじょうを結ぶのが、掏摸の稽古だとでも思ってるのか？　馬鹿言うなよ。あれはぜったい、ただの金儲けだって」

本田は、呆れたように言った。

「うーむ。これはおいらの勘なんだけどな」

あの、自分の指先を見つめる真剣な目つきは、やはり悪事につながっていくように思えたのだ。

「どういう勘だよ？」

「どじょうを結ぶのが、なんか気になるんだよ」

「だから、それは縁起物にしたいという助三の発案じゃないか。縁結びとの語呂合わせもあるし、見た目の面白さもあるだろ」

本田は今度ばかりは自信があるらしい。

「ううむ」

「だいたい、どじょうを結ぶのが、どんな悪事につながるんだよ。せいぜい、盗みがうまくいくようにというおまじないくらいだろうが」

本田は笑いながら言った。

「いや、そうじゃないと思う。お前はまだわかっていない。食いものの陰に隠れている悪事は、意外なかたちを取ることがしょっちゅうあるんだ」

魚之進は、ずいぶんそれを目にしてきた。

「ふうむ。おまえがそう言うならそういうこともあるかもしれないが、でも、どじょうを結ぶんだぞ。あまりに間抜け過ぎないか」

本田はまだ、ぴんと来ていない。

「あたしも、魚之進さんの言うほうに傾いてきた。だって、単に娘の嫁入り支度を整えるくらいなら、もっと給金のいい料亭に移るくらいで、どうにかなるんじゃないの。だいたい一杯二十四文のどじょう汁は、いくら売れても、一日五十杯じゃないの。板長だったら、それを上回る給金はもらっていたんじゃないの」

と、おのぶは言った。

「そうか。そっちから来たか」

本田は、細かい金の計算はしなかったらしい。

「それに、仕入れもあれば、神社への場所代だってあるよ」

「そうかあ」

本田はだいぶ自信がなくなってきたらしく、

「じゃあ、どじょうを結ぶのが、どんな悪事の稽古になるんだよ？」

と、魚之進に訊いた。

「それなんだよな。単に掏摸をやるなら、わざわざどじょうを結んだりしなくてもいいよな」

「狙ってるものが、それに近いのか？」

「たぶんな」

と、魚之進はうなずいた。

「ぬるぬるするものかしらね」

おのぶが言った。

「小判に油が塗られていたりするんじゃないか？」

と、本田が言った。

「面白い」

「でも、小判はあんなに細くないぞ」

　と、魚之進は言った。

「小判じゃなく、延べ棒みたいになってるのかもしれないな。金は柔らかいから、くるっと丸めるんだ」

「柔らかいと言ったたって、どじょうほど柔らかくはないだろうが」

「じゃあ、もっと針金みたいに細くなってんだよ。しかも油が塗られてて」

「それって、どういう金だよ」

「金にこだわり過ぎかも」

　と、おのぶは言った。

「でも、稽古までして盗むのなら、金以外に考えられるか？」

　すると、魚之進は、ぱんと手を叩いて、

「うなぎだったら？」

　と、言った。

「うなぎぃ？」

　本田もおのぶも、裏返ったような声を出した。

「うなぎって、子どものうちはまだこんなんだろう。それを育てて、太いうなぎにするんだぞ。そうしたら、儲けが出るぞ」

「でも、なんでうなぎを盗むのに、わざわざ丸めなくちゃならないの？」

おのぶが言うと、

「そうだよ。おれはやっぱり、もっと金になるものだと思うなあ」

と、本田は言った。

結局、そこから推理は進まず、今宵《こよい》はここまでとなった。

すでに夜四つ（午後十時）近くになっていたので、魚之進はおのぶを浅草橋《あさくさばし》のところまで送ることにした。

馬喰町《ばくろちょう》の通りに入ったあたりで、

「この前、気になることを言ったよね」

と、魚之進は言った。訊こうかどうしようか、ずっと迷いながら来たのだ。

「なに？」

「おいらは、ほんとはお静さんを好きなわけじゃないとか」

「ああ。ふと、そう思ったの」

「どういう意味？」

「気にしなくていいよ。好きなら好きでいいじゃない」

「でも、気になる」

なぜか、ひどく気になるのだ。

「じゃあ言うけど、怒らない？」

「怒らないよ」

「魚之進さん、お静さんを好きだというよりも、じつはお兄さんの波之進さんを超えたいんじゃないのかなって感じたの」

「兄貴を……超えたい……」

頭の後ろを殴られたみたいに思った。

「あたし、たまたま友だちから、波之進さんのことを聞いたの。ものすごく美男で、頭も切れて、奉行所では屈指の有能な同心だったたって」

「………」

「そのお兄さんを超えたい気持ちがあるから、お静さんを」

「やめてくれ」

魚之進はおのぶの言葉をさえぎった。胸がドキドキしている。

「怒った？」

「怒りはしないけど、おいらが兄貴を超えることなんてできっこないだろうが」

「そうかしら。あたしはあるところではすでに超えてると思うけど。じゃあ、送ってくれてありがとう」

おのぶはそう言うと、すたすたと浅草橋が見えているほうへ走って行ってしまった。

六

翌日——。

魚之進は、麻次とともに芝《しば》に行き、例の稲荷神社の神主に会った。

神社の反対側で下駄《げた》屋をしながら、神主も兼務しているのだという。そういうのは珍しくない。僧侶と神官を兼務する人だっている。もう七十は過ぎているだろう。優しげな眼をした老人だった。

「助三さんに境内を貸したんですよね？」

魚之進は訊いた。町方の者とは名乗らずにチラリと十手《じって》だけ見せたので、寺社方の者と誤解したかもしれない。じっさい、ここで助三を捕縛するようなことになると、寺社方とのあいだで問題になるはずである。

「そう。頼まれたのでな」

神主はうなずいた。

「結びどじょうのことは？」

「助三があれをやりたいと言ってきたのさ。縁起物になるはずだってな。あたしは、神社の境内で、生臭ものは駄目だと反対したのさ」

「ですよね」

「でも、どじょうを煮るところは、うまく境内の外に出るようにするからと言ってな」

「ああ、なるほど」

鍋は、店のいちばん奥のあたりに置かれていた。そこは、境内から外れるのだろう。すなわち、どじょうを結ぶところまでは境内でやっても、殺生は境内の外なので、いちおう言い訳は通ることになる。

「助三は、天の川の板長をしてましたよね？」

魚之進は訊いた。この神主は、かなり事情を知っているみたいである。

「そうだよ。わしは、天の川には昔から通っているので、旧知の間柄なんじゃ」

「それをわざわざ、露店のようなどじょう屋を始めたんですか？　天の川ではずいぶん引き止めたみたいですが」

「そうみたいだ。まあ、いろいろあるのだろうな」

神主は、とぼけてやり過ごしたいらしい。

「どうも、助三の娘さんのことが関わっているみたいですが」

「そこまで知ってるのかい？」

「まあね」

「助三がなにか悪いことでもしたのかい？」

「そうじゃないんですがね」

魚之進もとぼけた。昔、掏摸だったとはおそらく知らないだろうから、とぼけるのがいちばんだろう。

「わたしから聞いたことはないしょだよ」

と、神主は言った。

「もちろんですよ」

「助三の娘は、お千代《ちよ》っていうんだけど、〈阿蘇屋《あそや》〉の板前と恋仲になって、いっしょになることになったのさ」

「阿蘇屋っていうと……」

「愛宕山《あたごやま》のふもとにあるだろう。大きな料亭が」

「ええ、あの店ね」

うなぎを看板にした料亭で、高台にあるため景色もいいらしい。魚之進はまだ入ったことはないが、百人も入るくらいの大きな店なのに、連日、満員になっているという。

——やっと、うなぎがからんできた。

と、魚之進は内心、ほくそ笑んだ。

「まだ若いんだが、すでに板長になっていたんだ。それで、お千代といっしょになるのに合わせて、貯めていた金で、自分の店を出すことになったのさ。ところが、阿蘇屋のあるじの八兵衛《はちべえ》ってのは、面白くなかったんだろうな。その店の仕入れにちょっかいを出したみたいなのさ」

「ちょっかい？」

「うなぎを仕入れる店を紹介してやったんだけど、ここが数百匹分の前金を取っておきながら、いなくなっちまったんだよ」

「取り込み詐欺じゃないですか」

「わしもそう言ったよ」

「八兵衛もからんでますね」

「そう思うわな。だが、八兵衛は町役人だの公事師《くじし》だのに手を回し、自分のやったことを正当化してるのさ。しかも、文句を言ったお千代の婿をだいぶ脅しもしたそうだよ。地元のやくざも手なずけているしな」

「なるほど」

「だから、助三はどじょう屋で頑張って稼いで、娘婿の店を立ち直らせようと思ってるんだろうな。わしとしても、応援したくなるだろうが。だから、助三はなにも探られるようなことはしてないと思うぞ」

神主は言った。

助三の狙いはだいぶ明らかになった。だが、神主も、助三がしようとしていることはわかっていないのだった。

七

三日後の暮れ六つ過ぎ——。

阿蘇屋に、下総《しもうさ》の川魚問屋から、大量のうなぎの稚魚が運び込まれた。これを店の裏手にある巨大な桶や、池で育てて、蒲焼にできるくらい大きくするのだ。大量のうなぎの養殖がおこなわれるのは明治以降とされるが、江戸時代もこの程度の養殖はなされていたはずである。じっさいこういうことをしないと、大きな料亭で大勢の客が食べる分は、まかないきれなかった。

するど、店の裏から、桶のところに忍び込んだ男がいた。

「ほおら、来た来た」

と、魚之進は小声で言った。

「ほんとだ」

本田が、参ったという顔をした。

男は助三だった。

魚之進たちがいるのは、愛宕山のふもとの森のなかである。ここから、阿蘇屋の裏手や、その下の道までよく見通せるのだ。もっとも、すでに陽は落ちているので、なにもかもはっきり見えているわけではない。

そこへ、

「旦那。遅くなってすみません」

と、麻次と中間の吾作がやって来た。

「おう、どうだった？」

「わかりました。うなぎの問屋になりすましたのは、赤坂《あかさか》の虎次郎《とらじろう》一家の若頭《わかがしら》でした。今回は、おめえのことは見逃すから、阿蘇屋の八兵衛の手口を正直に話せと締め上げると、ぜんぶしゃべりました。八兵衛ってのはケチな野郎で、自分のところで一人前になった板前は、最後まで自分のところで働かせたいみたいです」

「そういうのって、いるよな」

のれん分けして、逆に追い越されてしまうのが怖いのだろう。

「あ、始まるぞ」

本田が言った。

「もう少し近づこうか」

魚之進たちは、そっと森のなかを下った。足元が悪いので、木につかまりながらである。

ようやく、阿蘇屋の店のほうから洩れる明かりで、助三の動きがわかるくらいのところまで近づいた。

「どじょうを丸めるときの手つきと同じだな」

本田は言った。

「そうだろう。だが、あそこには糸が張ってあるんだ」

「糸までは見えないなあ」

「ほら、稚魚が動いただろう」

「ほんとだ」

「それで、向こうに置いた荷車の桶のなかに落ちるんだ」

阿蘇屋は高台にあり、そこから下ったところの道に、四輪の荷車が止まっている。その荷台に、大きな桶が乗っているのもわかる。店の裏手の巨大な桶と荷車とのあいだは、十間《けん》（十八メートル）ほどだろう。

ぽちゃり。

と、かすかな音がした。

「あの人影は？」

本田が訊くと、

「お千代の亭主になる男だろうな」

魚之進は言った。

「なるほどなあ。結びどじょうは、うなぎの稚魚を丸め、渡した糸を通して、そっと盗み出すための稽古だったわけかぁ」

「ずいぶん手が込んだやり方みたいだけど、投げるより正確だろう」

「ああ。それに人目にもつかないわな。桶で運べば重いし、店の者にも見咎《みとが》められるだろうしな」

「よく考えたものだよ」

見破った魚之進も感心した。

「まだ、やらせるのか？」

「いや。もうやめさせよう」

と、魚之進は立ち上がった。

「じゃあ、おれたちは荷車のほうに行くぜ」

本田と吾作は、暗いなかを下の道に降りて行った。

阿蘇屋の裏庭に近づいた魚之進は、

「おい、助三」

と、声をかけた。

「…………」

助三の身体が強張《こわば》ったのは、夜目にもわかった。

「そこまでにしておこうぜ」

「え？」

「うなぎを向こうの桶に移すことだよ。結びどじょうは、その稽古だったんだろう？」

「どちらさんで？」

助三は震える声で訊いた。魚之進の声音《こわね》に、咎める調子がないのも奇妙に感じているはずである。

「南町奉行所の味見方の者だよ」

「お役人さまですか」

「逃げたりしなくていいぜ」

「神妙にしろって意味ですか？」

「いや、あんたを縛るつもりはないんだ」

「………」

「そんなことをしなくても、八兵衛の悪事はおいらたちがつかんだぜ。あいつのやったことを暴《あば》けば、娘婿のつぶれた店もやり直せるはずだ」

「そうなので」

助三は、桶のなかに入れていた手を出し、着物の前で拭いた。

魚之進は、巨大な桶を見た。金魚の養殖などに使われる、湯屋の風呂桶よりも大きい桶である。なかに、小さなうなぎが、うじゃうじゃいるのも見えた。黒くて、ひたすら貪欲《どんよく》なだけの生きもの。これが、あんなにうまい食いものになるとはとても信じられない。だったら、ミミズだって、どうにかできるのではないか。

桶から目を逸らし、

「二十年、昔の技を封印していたんだろう。ハヤブサの助三の技を」

と、魚之進は言った。

「そこまでご存じでしたので……」

「あんたの技は、ケチな盗みなんかに使わず、そのまま封印しておこうじゃないの」

自ら封じ込めた悪の技は、むしろ美しい。

「ありがとうございます」

助三は、嬉しそうに言った。

第三話　牛の活きづくり

一

魚之進がいつもより少し早く、帰宅の途についていると、

「あ……」

海賊橋の上で、ばったりカエルのおのぶこと、犬飼《いぬかい》のぶと出くわした。薄青い光のなかで見ると、離れた両目と横に長い口のせいで、ますますカエルに似ている。いまにもケロケロと可愛い声で鳴き出しそうである。

「ついついお静さんと話し込んじゃってたの」

と、おのぶは言った。

「そうなのか」

「お静さんも感心してたけど、例の結びどじょうの件、お見事でした」

あのときおのぶは、なりゆきが気になるとかで、すぐ近くに来ていて、本田から一部始終を聞いたのだった。

「いやあ、まぐれだよ」

と、魚之進は頭を搔きながら言った。

「まぐれじゃないよ。しかも、阿蘇屋八兵衛って、かなりの悪党だったんでしょ」

「というか、やくざと組んで、大がかりな賭場まで開いていたみたいだ」

取り込み詐欺をきっかけに、賭場の解散まで持っていくことになるらしい。

「お手柄だね」

「それは、たまたまくっついていたもので、おいらの調べとは関係ないことだよ」

「もっと自信持っていいと思うけどなあ」

おのぶは、魚之進を上目使いに見ながら言った。

「…………」

自信は少しずつ持ちつつある。だが、おのぶは兄の波之進を念頭に置いて言っているのだ。あの兄貴を超えるなんてことが、できるわけがない。

「魚之進さんのお手柄祝いをしようよ。ねえ、また、東両国の〈ももんじや〉に行かない？　本田さんといっしょに」

「え？　なんで、ももんじや？」

魚之進は驚いて訊いた。

「だって、あのときお酒を飲み過ぎて、肉のおいしさを忘れちゃったのよね。今度こそ、舌に沁《し》み込ませるように、肉を味わいたい」

「いいのか?」

「なにが?」

「ももんじやに何度も出入りする娘なんて、よほどの莫連《ばくれん》娘と思われて、嫁のもらい手はなくなるぞ」

それはまず、間違いない。たいがいの江戸の男は、肉をむさぼり食う娘に、腰が引けてしまうだろう。

「そんなこと思う男は、こっちが願い下げ。ね、ね、行こうよ」

やっぱり相当な変わり者である。

「うん、そうだな」

魚之進は口を濁《にご》した。

じつは、ももんじやには、近々行かなければならなかった。

というのも、赤塚専十郎《あかつかせんじゅうろう》たちがずっと追いかけている悪党が、近ごろももんじやに入り浸っているみたいだというのだ。

「もう、三年前から追いかけている悪党どもでな。大きな料亭専門に、年末のかき入れどきを狙って押し込みに入ってきたんだ。最後は去年の年末で、八百両という大金が盗まれた。手口はどれも同じで、おそろしく腕のいい板前を雇うと、そいつが手引きして仲間二人を引き入れ、金を奪って逃げるという寸法だ」

「腕のいい板前ですかあ」

それでなぜ、押し込みなんかしなくちゃならないのか。勿体《もったい》ない話である。

「ああ。おそらくそいつが頭領だ。おれたちは、花板盗次《はないたとうじ》と綽名《あだな》をつけてるんだがな。雇われて、数日中に押し込みを決行するので、顔を覚える暇もないくらいだ。すでに、千五百両ほどの金を奪っているから、当分、仕事はしねえだろう」

「なるほど」

「だが、その板前に似た男を、以前、押し込みに入られた店の手代が、ももんじやで見かけたというわけさ」

「ははあ」

「定町回りは顔を覚えられている恐れがあるので、岡っ引きだの隠密回りも動員して、そいつに近づこうとしているんだが、ももんじやってのはほら、四つ足の肉を焼いたり、煮たりするだろうよ」

「ええ」

「あの臭いが駄目で、張り込みが難しいってえのさ。途中で気持ち悪くなっちまうんだと。しかも、店に入れば、肉を食わなきゃおかしいわな。その肉が食えねえってんだから」

「あんなうまいものを？　肉が焼ける匂いだって、いい匂いですよ」

魚之進は、毎朝、あの匂いで深呼吸したいくらいである。

「まったくやわなやつらだよな。それで、味見方のほうで探ってもらいてえのさ。ほんとに花板盗次の一味なのか。連中が肉を食らって酒を飲むわきで、話の中身を聞いたりしてもらいてえ」

「わかりました。ただ、おいらはあそこのおやじに顔を知られてまして」

「まずいな、それは」

「いや、話のわかる人ですから、前もって町方の者だということは内密にするよう、頼んでおきます」

「うん、それでなんとかやってくれ」

と、そういう話になっていたのである。

——どうしようか？

おのぶの顔を見ながら、魚之進は迷った。

だが、女連れのほうが、疑われずにすむはずである。

「よし、行こう」

「やった」

「そのかわり、いろいろ協力してもらいたい」

「喜んで」

おのぶだけでなく、本田とも綿密に打ち合わせて、三人で、ももんじやに行くことにしたのだった。

二

それから二日後――。

三人で、東両国にやって来た。

魚之進と本田が、浅草橋に近いおのぶの家に迎えに来て、そこから両国橋を東に渡ったのである。

まっすぐ行くと回向院《えこういん》の境内で、相撲興行があるときは、一帯に色とりどりの幟《のぼり》が立つが、いまは相撲は行われていない。

広小路を横切って、右手に入って行くと、まもなく「山くじら」と書かれた日除《ひよ》けのれんが見えてくる。山くじらとは、猪《いのしし》のことである。この猪を食うのが、いわゆる「薬食《くすりぐ》い」で、体力をつけるにこれにまさるものはないと言う者もいる。

猪がいちばんうまいのは、冬だという。脂がのるらしい。このももんじやも、冬になると、猪が数頭、看板がわりに逆さ吊りにされていたりする。

いまは、夏の盛りも過ぎて、秋風が立ち始めたが、猪の旬はまだである。それでも、どうにか調達するし、猪がない場合は、ほかの肉を出してくれる。ほかの肉というと、魚之進は以前、オットセイの肉をここで食べさせてもらったことがあるが、牛、馬、鹿、熊、猿、狸《たぬき》……と、なんでもござれである。

じつは、昨日の昼、ここへ来て、町方への協力を依頼しておいた。あるじに、

「しばらく、怪しいやつらを見張るので通わせてもらうが、町方の者だということは、ぜったいないしょにしてくれ」

と、頼んだのである。

おやじは、なんでも若いころに、ちょっとだけ捕り物の手伝いをしていたそうで、喜んで協力すると言ってくれた。

「四つ足の種類によって、料理法も違うのかい？」

とは、そのときに訊いた。もし、本田やおのぶが食べられなかったりすると、見張りも不自然になる。あくまでも、獣肉が大好きな若いやつらということで通いたいの

だ。

「あっしは、焼くか、煮るかです。ただ、お客によっては、いろいろ細かく注文をつけてくる人もいます。なかには、あっしより、はるかに舌が肥《こ》えた人もいますからね」

「おやじさんより？」

この江戸に、ももんじやのあるじより獣肉に詳しい者などいるのだろうか。

「います。とくに、大きな四つ足になると、あっしのところには仕分けした肉だけが持ち込まれることが多いんですがね」

「ここで捌《さば》くんじゃないのかい？」

「猪は捌きます。ただ、獣ってのは、腹に虫がいるだけじゃなく、毛皮にも変な虫がべったりついてたりするんです。それに食われたりすると、身体が腫《は》れあがりますし、熱が出て死んだりすることもあるくらいでしてね。それで、猟師などには、毛皮を剥《は》いで、臓物なども外したやつを持って来てもらうんです」

「なるほど」

「でも、臓物まで食ってる連中は、そういうことまでよく知ってますのでね。自分で捌いたりもできるんです。ああいう連中には、とてもじゃないが、かないませんよ」

「臓物まで？」

「食いつけると、臓物のほうが肉よりうまいそうですぜ。あっしはまだ、その域には達してませんから」

「へえ」

おやじはまだ四十くらいだろう。ももんじやとしてはまだまだ成熟の途中なのかもしれない。

魚之進のほうも、味見方を名乗るくせに、臓物までは食っていない。身体に悪いことはないのか。穢《けが》れるなどということはないにしても、獣の血肉を身体に入れるのである。怖いような気もするが、反面、試してみたい気持ちもある。

「近ごろよく来る客に、豪の者がいますぜ。あの人は、凄いですね。相当いろんな獣の肉を食ってますね。あっしもまったくかないません」

ももんじやのおやじがしきりに感心した。

おそらく、そいつが花板盗次なのだろう。

ちなみに、〈ももんじや〉というと、この東両国の店が有名だが、ほかにもいくつかある。ただ、料理法や肉の種類で、ここにかなうところはない。

店内で調理せず、猪や鹿の肉を包んで売る店もある。麹町《こうじまち》にある〈山奥屋《やまおくや》〉はそうした店ということで知られ、ここで猪の肉を買い、家で鍋にするのを楽しみにする連中もいたりする。

このもんじやの斜向《はす》かいのそば屋では、赤塚専十郎が使っている岡っ引きに加え、麻次と中間の吾作が張り込んでいる。万が一、捕縛ということになれば、援護に駆けつけることになっている。

花板盗次は、かなり警戒しているらしい。

なにせ、赤塚たちがいまだに住まいを突き止められずにいるのだ。

「そんなに難しいのですか?」

と、魚之進は赤塚に訊いてみた。住まいなど顔さえわかれば、後をつければわかることではないか。

「小舟を持っていてな。それをそのつど、適当なところに泊めておき、帰るときもそれで大川《おおかわ》を渡るんで、追い切れねえわけよ」

「なるほど」

仲間の二人も同様で、三人は別々の場所に住んでいるみたいで、ももんじやにもバラバラに集まって来るのだという。

「でも、あいつらは女遊びもしてるんだろうから、千五百両なんて金も、数年で使い果たしてしまうぜ。なんとかその前に捕まえてえんだがな」

「だったら、そのとき、また同じ盗みをやるために、板前としての腕は衰えさせまいとしてるんじゃないですか？」

それなら、料理屋の板前を調べれば見つかるはずである。

「そう思うよな。だが、警戒して、魚料理の店には近づかないし、板前の腕のこともおくびにも出さないでいるらしい」

「ふうん」

「盗次の得意の技は魚の活きづくりらしい」

赤塚はそうも言った。

「活きづくり？」

「なんでも、刺身にしたあとも魚はまだ生きていて、口をぱくぱくさせたり、尻尾《しっぽ》を振ったりするらしいんだ。活きの良さが一目でわかるってわけだ」

「うひゃあ」

なんか残酷な気がする。殺生をするときは、一思いに息の根を止めてやるのが、情けというものではないか。

「岡っ引きたちが、それができる板前も訊いて回っているけど、花板盗次にはいきつけずにいるのさ」

「その技が手がかりになるとわかっているんでしょうね」

どうやら、花板盗次というのは、かなり手ごわい相手らしかった。

三

ももんじやに行くと、あるじはおのぶを覚えていた。

「おや、この前の姐《ねえ》さんじゃないの」

「覚えてました？」

「そりゃあ忘れねえよ。女であれだけ肉をうまそうに食うのは初めて見たし、ケダモノが食いたいと怒鳴ってたし」

「え？　あたし、そんなこと言ったの。やあだ」

おのぶは真っ赤になった。

「あっはっは。酔ってたんだろ。そういうこともあらあな」

おやじは、おのぶのことを嫌がっても、馬鹿にしてもいない。むしろ、「女だてらにたいしたもんだ」くらいに思っているらしい。

「悪酔いしたんです。ああいう酒はもう飲みませんから。お肉の味は堪能しますけど」

おのぶがそう言うと、

「ああ、堪能しておくれ。肉は魚に負けず劣らず味わいは深いぜ」

と、おやじは嬉しそうに言った。

魚之進たちは、日除けののれんの内側だが、いちばん通りに近い縁台に座った。早めに来たので、最初の客が魚之進たち三人だった。

次に、駕籠かきらしい二人連れが来て、奥のほうの縁台に座った。

花板盗次たちが、今日来るかどうかはわからない。昨日は来ていないという。三日と空けずに来ているらしいから、今日は来てもおかしくはない。

出てきた猪の鍋を、酒をちびちびと飲みながらつついていると、大川のほうから、三人の男たちが上がって来た。舟で来たらしい。しかも、話しながらこっちに歩いて来る。

「むふっ」

と、魚之進は軽く咳払いをした。本田とおのぶは一瞬、緊張したが、すぐに笑顔をつくって話すふりをした。

向こうのそば屋の窓を見ると、出された手がぷらぷらと振られているのが見えた。盗次たちだという合図である。

「あいつらだ」

魚之進は短く言った。

それまではゆっくり食べていたが、おのぶまで大口を開けて、いかにも肉好きの若者だというように猪肉を口いっぱいに頬張った。脂が唇から垂れそうになる。

向こうの三人の真ん中にいるのが、盗次らしく、でっぷり肥《ふと》った男で、歳のころは三十を少し超したくらいか。両脇の二人はどちらも背が高く、痩《や》せている。額が広く、鷲鼻《わしばな》であるところも、二人に共通している。おそらく二人は兄弟なのだろう。

店に入って来ると、おのぶを見た盗次が、

「おっ、女の客は珍しいな」

と、言った。

魚之進が、文句あるかという顔で盗次を見ると、顔をそむけ、なかに入って行った。むやみに喧嘩《けんか》を吹っ掛けるほど馬鹿ではないらしい。

三人は、斜め奥のあたりに、縁台ではなく、樽に腰をかけた。

「おやじ。牛はあるかい？」

盗次が訊いた。

「ああ。ケツのところだけどね」

「ケツか。じゃあ、鍋にしてもらうわ」

盗次の言葉に、

「ケツは鍋なんだな」

魚之進が小声で言うと、

「ケツの肉はうまくないってことかな」

本田がつぶやいた。

「それは、うちの父から聞いたことがある。牛の肉も猪の肉も、背中の真ん中あたりが、いちばんうまいって。なんでも、脂がのって、肉も柔らかいらしいよ」

と、おのぶも小声で言った。おのぶの父親は、八州廻りの同心で、川舟の船頭などから、肉をごちそうになることがあるらしい。

「やっぱり、そうなのか」

と、魚之進は言った。いま食べている猪肉も背中のところなのか、おやじに訊いてみたいが、肉には詳しいふりをしておきたい。

おやじは七輪を持ってきて、盗次たちの真ん中に置いた。七輪にはすでに、鍋が載っている。さらに、ぶつ切りにした肉の山の皿を、別の樽の上に置いた。

鍋がぐつぐつ言い始め、味噌だれの匂いが流れてきた。鍋のなかにはすでにネギとごぼうが入っていたらしく、その匂いも混じっている。

「よし、入れるぞ」

盗次の合図で、三人はそれぞれ、肉を鍋に入れた。だが、それほどいつまでもは入れていない。まだ煮え切れないだろうというくらいで、箸でつまみ、ふうふう言いながら口に入れていく。

「うん、うまい」

「いい肉だな」

「おやじ、うまいよ」

三人は、次々に肉をつまみ、煮えるとすぐ、口に放り込んでいく。合間に、ネギやごぼうも食う。

たちまち、あれだけ載っていた肉の皿が空になった。

「おやじ。臓物はあるか？」

盗次が訊いた。

「腸のところがきてます。あとは、肝の臓ですかね。この、どてっとしたやつは」

「あ、そうそう。腸はぶつ切りに、肝の臓は薄切りにして持ってきてくれ。それと、餅網と塩とな」

まるで板長みたいに指図している。

魚之進たちは、ゆっくり牡丹鍋をつまみながら、そっと盗次たちを見ている。

運ばれてきた臓物を、盗次たちは七輪の上で焼き始めた。かなり煙が出る。肝の臓は、両面を軽く炙《あぶ》ると、どんどん口に入れていく。腸のほうは、転がすように焼いていくと、脂が落ちるのか、ずいぶん小さくなってしまう。それを口に入れると、こっちはなかなか嚙み切れないらしい。

「うん。嚙めば嚙むほど味が出るってやつだ」

と、盗次が言った。

そんなようすを横目で見ながら、

「あいつら、相当、食い意地が張ってるよな」

本田が呆れて言った。

「ああ。そこがつけめだし、逆にそこにしか隙《すき》はないかもな」

と、魚之進。

「つけめ?」

「食通だと思ってるだろ。その負けん気を突っついてやると、ボロを出すかもしれないだろうが」

「なるほど。まずは、大食い勝負か」

本田は、それなら負けないというように、下腹をぽんと叩いた。

「おやじ。もっと、肉だ。牛でも馬でも持って来てくれ。そうだ、尻尾のところはなかったか?」

魚之進が大声で言った。

「む?」

という顔で、盗次が魚之進を見るのがわかった。

四

翌日——。
奉行所で、魚之進と本田は、麻次と吾作から昨夜の顚末《てんまつ》を聞いた。昨夜は、盗次たち三人のほうが早く引き上げ、後をつけるのは麻次と吾作にまかせたのである。

盗次たちは、あれから猪肉を山盛り頼んでたらふく食ったあと、近くに泊めておいた小舟に乗り込んだらしかった。

「三人いっしょでした」

と、麻次は言った。

「そうなの？」

赤塚は、別々の舟で来ると言っていた。

「昨日は、舟は一艘《そう》だけでした。それで、大川を渡るだろうと、あっしらは両国橋を駆けたんですが、向こう岸に行くかと思いきや、引き返すように百本杭《ひゃっぽんぐい》のほうへ下って、まったく追いかけることはできませんでした。あいすみません」

「それは仕方ないよ」

と、魚之進はなぐさめた。

この日は、あれだけ食えばさすがに今日はももんじやには来ないだろうと踏み、麻次と吾作だけに見張らせることにした。もし来たら、すぐに連絡が来ることになっている。

案の定、この日は現われなかった。

次の日は、近くに二艘、舟を用意し、舟の後をつけることにした。

だが、今度は二艘の舟で来て、一人は途中で降りたり、舟のほうも山谷堀《さんやぼり》の多くの舟が出入りするところに泊め、闇と人にまぎれて、見失ってしまったという。

「あいつら、もしかしたら、毎晩、ねぐらを変えてるんじゃねえですか」

と、麻次は言った。

「宿屋か？」

魚之進もぴんと来た。

「ええ」

「つけられてるのも知ってるんだ？」

「たぶん」

「しかも、金はしこたま持ってるしなあ」

安宿を転々とするなら、何年でもそうやっていられる。

「そうですよ。それであやって警戒されたら、居所を突き止めるのは難しいかもしれませんね」

「だが、千両箱を担いで動き回るのか？　それは変だろう」

と、本田が訊いた。

「いや、家はあるんだよ。そこに盗んだ金は隠してあるが、たまにしか立ち寄らないんだろう」

「なるほど。ももんじやの払いなんか、たいした額にはならないしな」

と、本田も納得した。

十日のあいだに五日、魚之進たちは連中とももんじやでいっしょになった。かんたんな挨拶はするようになったが、それでも連中が花板盗次一味だという証拠は摑めない。このままだと、半年、一年と肉を食いつづけても、無駄なような気がしてきた。

「なんで盗次なんですか？」

魚之進は赤塚に訊いた。

「言ってなかったか？」

「ええ」

「野郎の包丁に、平仮名で「とう」、漢字で「次《つぎ》」と彫ってあったらしいんだ。とうには〈盗《ぬす》む〉の字を当てたってわけよ」

「そうですか」

「板前たちは、自分の包丁を持ち歩くから、それが見つかれば、かなりの証拠になるんだがな」

「なるほど」

　それはいいことを聞いた。

「あいつら、あまりしゃべらないのか？」

　と、赤塚は訊いた。

「そうなんです。ひたすら黙々と肉を食いつづけています」

「どうも、女遊びのほうも、さほどでもないらしいんだ」

「そうなので？」

「吉原や深川の岡場所界隈《かいわい》にも見張りを出してるんだが、まったく来やしねえ。今日からは、根津《ねづ》と湯島《ゆしま》に張り込ませてみるが、もしかしたら三人とも、決まった女でもいるのかもしれねえな。肉には飢えても、女には飢えてねえんだ」

「そうですか」

「ももんじやの代金なんざしれてるだろ？」

「ええ。料亭などに比べたら、まるで安いもんです」

「それだと、千五百両を使い切るには、五十年もかかっちまうわな」

　赤塚はうんざりしたように言った。

「連中は、おいらたちのことを気にしてはいるみたいなんです」

「疑ってるのか？」

「いや、そういうのではないと思います。それよりは、あの肉の食いっぷりは何者だろうと思ってるんでしょう。そこから、うまく引っかけられるといいのですが」

「ほう。なんとか知恵を絞ってみてくれ」

「ええ。わたしのほうも、もっと肉のことを勉強するといいんですが。誰か肉に詳しい人はご存じないですか？」

「肉のことかあ」

赤塚は、思い当たる人間を思い出そうとするが、誰も出て来ないらしい。

「一人、いるんですが……」

北大路魯明庵である。

「まさか、あいつか？　美味品評家の」

「ええ」

赤塚も、魯明庵の正体は知っている。が、毒殺計画に関わっていることまでは、魚之進からは話していない。おそらく知らないはずである。

「いいんじゃねえか。訊いてみたら？」

「ええ」

とは言ったが、そんなことで接近するのにはためらいがある。

五

花板盗次のことを見張りながらも、魚之進と麻次は、三日に一度は大奥に行っている。

この日も、いつものように警戒のようすを確認したあと、台所の責任者である八重乃に、

「近ごろ、北大路魯明庵は来ましたか？」

と、訊いてみた。

「いえ。なんでも魯明庵さまはお忙しいので、しばらくは来られないみたいですよ」

「忙しい？」

上さまが外に出る予定はないはずである。

とすると、なにが忙しいのか、気になってしまう。

「ところで、魯明庵さんは、あれだけの食通なんだから、四つ足なんかも食べるんで

しょうね？」

「四つ足？」

「猪肉とか、牛肉とかも」

魚之進がそう言うと、八重乃は首を激しく左右に振り、

「いいえ、魯明庵さまは、四つ足などは召し上がらないわよ」

油虫の行列でも見たような口調で言った。

「そうなので？」

それはおかしい。魯明庵は、五右衛門鍋という闇鍋もつくるし、大奥にもそれを遊びとして持ち込んでいる。

闇鍋には、当然、猪肉だの鹿肉だの、あるいは犬猫の肉だって入れられかねないのだ。

そのことを問い質《ただ》すと、

「だって、そこは前もって禁じてましたよ。なにを入れてもいいけど、四つ足はぜったいに駄目だって」

「大奥ではそれがやれても……」

魯明庵は、盗人《ぬすっと》相手の五右衛門鍋までやっている。あっちも、四つ足の肉は入れて

ないというのか。

魚之進が首をかしげていると、

「だいたい、魯明庵さまはつくるように指示なさっても、ご自分では食べなかったりするでしょ」

と、八重乃は言った。

「ああ」

そういう卑劣な手もあるのだ。

「あんなものを食べたら穢れるって」

「…………」

「あれは南蛮人の食いもので、わが国の者はぜったいに、牛馬に猪、その他の四つ足は食っては駄目だとおっしゃってましたよ」

「…………」

もしかしたら、しまいには肉について魯明庵に訊くことになるのかと思ったが、それはなかった。魯明庵の舌は鋭敏だが、好みが強く、味わう範囲はけっして広くはないのかもしれなかった。

魚之進は次に、服部洋蔵がいる御広敷に顔を出した。

「やあ、月浦さん」

服部はいつものように、忍者とは思えない愛想のよさである。

ひとしきり、大奥の警戒について確認をしたあと、

「これは、上さまの暗殺計画とは関係ない話なのですが」

と、切り出した。

「ん？」

「四つ足の肉をたっぷり食ったというような人はご存じないですよね」

「ああ、そういう人は知ってますけどね」

「誰です？」

「伊賀の者で、籠城について研究している者がいるのですよ。そいつは、籠城し、四方を囲まれて兵糧攻めに遭ったとき、どうやって生き延びるかを研究してるのです。当然、最後には城内の牛馬や、飛んでくる鳥、出没する狐や狸、さらにはネズミまで食糧になります。例えば、牛一頭をすべて食い尽くすにはどうやればいいか、そういうことを研究したのです」

「それは凄い。どこにいるか、お教え願えませんか？」

魚之進は懇願した。

「ここにいますよ」

と、服部洋蔵は自分を指差した。

「え？　服部さまが？」

思いがけない幸運が転がっていた。

魚之進は大喜びしたあと、花板盗次の件を手短に説明した。

「なるほど。肉の知識を使って、盗次の自前の包丁を持ち出させたいわけですね」

「そうなのです。ところで、東両国のももんじやに行かれたことは？」

「ああ、何度かありますよ」

「どうです？」

「わたしに言わせると、あれは立派な料理屋ですから」

「はあ」

意外な見解である。

「つくるのも味噌仕立ての鍋で、洗練されてますでしょう。当然、うまいですよ。わたしが食ってきたのは、せいぜい塩をつけるくらいの、生きるための食いものですから」

「なるほど。いま、一生懸命食べているのは牛なんです」

「それは、牛はうまいですよ。ただ、牛は部位によって、味も食べごたえも違いますよ」

「それはわかってきました」

「ほう。どんなふうにわかりました？」

「場所によって、硬さや脂の多さが違いますね。背中のあたりの肉がいちばん柔らかくて、脂ものってますよね。あのあたりは、軽く炙って、ちょっと塩をつけるだけでも、実にうまいと思います」

「そうです。背中はうまいです。それと、牛は牡牝《おすめす》でもだいぶ味が違いますよ」

「え？　牡牝でも？」

「違いますよ。牝のほうが、脂がさっぱりして、肉も柔らかいのでうまいのです。牛だけでなく、猪も熊も鹿も、牝のほうがうまいです」

「へえ」

「牛は臓物もうまいですよ」

「そうみたいですね」

それからひとしきり、牛の臓物についていろんな知識を授けてもらった。

話はさらに、他の獣にも及んだ。

「野山の獣もやはり餌《えさ》によって味は違いますしね」

「ははあ」

「芋畑を荒らしたあとの猪はうまかったです」

「なるほど」

「鴨《かも》肉などは顕著ですね。海の鴨と山の鴨では、まったく味わいが違います。山の鴨のほうが、泥臭い味がしていました」

「やはり、食いものが肉になるんですね」

「もちろんです」

「獣はほとんど食べましたか？」

「ネズミも食ったし、カラスも食いました」

服部は珍風景でも見物してきたみたいに言った。

「うわあ」

ネズミとカラスは凄い。

「意外に食えるものですよ」

「そうなので」

もっとも、獣たちはお互い、死骸を食べ合っているから、そう思えば、どれもたいして変わりはないのかもしれない。

「まあ、人によって違うかもしれませんが、わたしは獣のなかでいちばんうまいのは熊だと思いますね」

「熊ですか」

なんとなく意外である。むしろ、肉が硬くてまずいのではないか。

「肉もうまいのですが、脂がなんともいえず爽やかでね。これが熊の脂？　と、驚くほどですよ」

「それは食べてみたいですね」

「ご存じのように、わが国では一部の人間しか獣肉を食べません。飢えても獣肉は敬遠します。籠城のときでさえ最後の最後に、やっと牛や馬を食うのです。それは、初めて食う味でしたでしょうが、さぞやうまかったでしょうな」

「最後の飯が、初めて味わう美味ですか。皮肉ですね」

魚之進はそんな状況を想像して、切ない気持ちになった。

「だが、餓死から逃れる手段をじつは見逃しています」

「というと？」

「結局、餓死してしまった兵士たちも、虫を食べなかったのです」

服部は皮肉っぽい表情で言った。

「虫？　虫なんか食えるのですか？」

「なにをおっしゃいます。虫はうまいものですぞ。セミ、バッタ、毛虫などなど、食べられる虫は山ほどあるし、木の上を捜したり、土を掘ったりしたら、食いものはまだまだ見つかったでしょうな」

「虫をね……」

魚之進は、食の深さを思い知らされた。

六

翌朝——。

朝飯のお膳の前に座ると、

「毎日、大変ね。このところ、ずっと休んでないでしょう」

と、お静が言った。

「そうですね」

「夜も遅いし」

「でも、精のつくものをたらふく食ってますから」

「ああ。そういう臭いがしてるわね」

このところ、毎朝、洗い立ての着物を用意してくれている。おそらく肉の脂が染みついているのだろう。本田などは、家で「吐く息がケダモノ臭いから話しかけないでくれ」と言われているらしい。

朝飯は、煮物に、小魚の佃煮《つくだに》、それと小松菜の味噌汁に、麦飯である。昨日の肉の脂が、まだ胃のなかに残っている気がするので、こういう脂っけのない飯は、なによりありがたい。できれば、麦飯のかわりにおかゆにしてもらいたいくらいだが、そこまで贅沢《ぜいたく》は言えない。こうして家にいてくれるだけでありがたいのだから。

煮物は人参《にんじん》と、見たことのないものである。親指の先くらいの大きさで、箸《はし》でつまんでじいっと眺めた。

「ふふっ」

お静が笑った。

「これは、貝ですか?」

「貝じゃないわ。豆よ」

「これが？」

「蚕豆《さんとう》（ソラマメのこと）って言うんですって。実家から持ってきたの」

「へえ」

口に入れて噛むと、なるほど豆である。枝豆をもっと柔らかく、ほくほくしたみたいな味わいである。

「どう？」

「おいしいです」

「天ぷらに揚げてもおいしいわよ」

「なるほど」

「豆もいろいろなのよ」

「そうみたいですね」

食いものの話になったので、

「義姉《ねえ》さんは、四つ足は食べたこと、ありますか？」

と、魚之進は訊いてみた。

「ああ、一度、波之進さんに連れて行かれたことがあるわよ」

「東両国のももんじやに？」

店のおやじはなにも言ってなかった。兄貴といっしょに義姉さんが行っていたら、ぜったいに忘れていないはずである。こんなきれいな女は、まずあの店には来たことがないだろう。

「ううん。上野《うえの》の料理屋なんだけど、頼むと特別に牡丹鍋をつくってくれるの。それを食べました」

牡丹鍋は、猪の肉鍋である。肉が赤いので、牡丹に喩《たと》えられたらしい。やはり赤いが、鹿肉のほうは、花札の図柄から紅葉《もみじ》鍋と言われる。馬肉は薄い紅色なので桜鍋である。

「どうでした」

「楽しかったわよ」

と、微笑んだ。料理のことより、兄貴といっしょに出かけたという思い出なのだ。

「牡丹鍋の味は?」

「ああ、そっちね……」

困った顔で答えない。

「やっぱり?」

「臭いがね。それに脂がべたべたでしょ」

「でも、魚もまぐろなんかは脂が」

「だから、あたし、まぐろのお刺身は食べないもの」

「そうでしたっけ」

「ご飯は、基本はおいしいお米に味噌汁と漬け物、この三つがあれば充分。あとは飾りや贅沢みたいなもの。魚之進さんもそんなようなことを言ってなかった？」

「ああ、言ってたかもしれません」

食とは何なのか？

味見方の仕事をつづけるうち、以前の確信がどんどん揺らいできたような気がする。

七

この日の夕方も、ももんじやに来ている。

牛の肉を餅網で焼いて食べながら、

「おやじさん、今日の肉は牝牛の背肉だな」

と、魚之進は大声で言った。

「わかりましたかい」

「わかるよ。脂の味わいがまったく違うもの」

「そうみたいですね」

「だいたい、猪も牝のほうがうまいし」

盗次がこっちを見ている。

「よう、あんた、肉に詳しいみたいだな」

ついに声をかけてきた。

「まあね」

魚之進はそこで口をつぐんだ。

わきから、本田が、

「こいつは、牛食い宇蔵《うぞう》といって、牛なら頭からつま先まで食ってるんだ。食ってねえのは鳴き声だけだ。もぉーーってえのはな」

と、自慢するように言った。もちろん、そういうふうに話を持っていくことは、打ち合わせ済みである。

「だが、極めるまでは遠いよ」

魚之進が言った。

「そりゃあ、極めるのはな」

と、本田が賛同した。

「いちばんうまい牛の肉もまだ一度しか食ってないしな」

魚之進がそう言うと、

「おいおい、いちばんうまい牛の肉だって？」

盗次は溺《おぼ》れる人を見つけた鮫《さめ》のように食いついてきた。

こういう男は、たぶん「いちばん」という言葉が大好きなのだ。とにかく、この世のいろんなことが勝つか負けるかで線引きされ、「勝ち」のなかでももっとも輝かしいのがいちばんなのだ。魚之進と同じ歳の仲間にもそういう男がいて、そいつはいちばん早く見習い同心になり、いちばん早く火事の現場に駆けつけることも再三だったが、火にまかれて仲間ではいちばん早くあの世に逝《い》ってしまった。

魚之進は、盗次の目の光を軽くかわしながら、

「牛は活きづくりがいちばんうまいんだよ」

と、言った。

「牛の、活きづくり、だとぉ？」

盗次は、言葉を区切りながら、ゆっくりした口調で訊いた。

「ああ。あれにまさるものはないな」

魚之進がそう言うと、

「そうらしいな」

本田が深くうなずき、おのぶが、

「噂では聞いたけど」

と、つぶやいた。

「おい。もういっぺん言ってくれ。あんた、牛の活きづくりと言ったね？」

盗次は席を立ち、魚之進の隣に来て、空いている樽に腰かけた。

「ああ、言ったよ」

「どうやれば、牛の活きづくりなんかできるんだよ。え、ご浪人よ」

今度はいくらか突っかかる口調である。

「かんたんに言ってしまうと、牛の背中にまたがり、短刀で背中の皮を剝ぎ、肉を薄く切って食べるんだよ」

「なんだと……」

盗次はいったん口を閉ざし、

「やったことあるのか？」

「何度かね」

「しくじったりもしたのか？」

「ああ。牛の背に乗って、怒らせなきゃ駄目なんだ。しょせん背中を切れば、痛くて暴れるわな。どっちにせよ暴れるなら、先に暴れさせたほうが、仕事はやりやすいんだ。牛の背で揺さぶられながら、包丁でサッと背中を切り開くわけさ」

「ああ」

「それで剝いだ背中の皮の下の肉をすうっと切り取るんだ」

「ははあ」

「そのまさに血の滴る牛の生肉に、あらかじめ持っていた塩をサッとつけ、ぱくっと」

「ごくっ」

と、盗次は唾《つば》を飲み込んだ。

「その、うめえのうまくねえのって」

「あんた、ほんとに成功したのか？」

「三度やって、一度だけ成功した。あのうまさと言ったら、いまだに忘れられねえ。あれを知らずして、牛を語るなかれだ」

「ううっ」

盗次は口をつぐんだ。

はたして食いついてくれるのか。

連れの二人が、盗次を見ている。呆れたような気配もあるので、気質や性分をよく知っているのだろう。

「やってやる」

と、盗次は言った。

食いついた。

「いや、やめたほうがいいよ」

魚之進は、糸をゆるめた。さらに深く飲み込ませるために。

「なんでだよ?」

「怪我するだけだって」

「怪我なんざしょせん治る」

「牛の皮は厚いんだ。よほど切れる包丁じゃないと無理なんだ」

「それは大丈夫だ」

盗次は大きくうなずいた。

「そんなにやってみたいなら、やれるところを紹介するけどね。ただ、牛一頭とまでは行かなくても、一両くらいは覚悟してもらわないと」

「ああ、用意するよ」

がっぷり食いついた。もう、釣り落とすことはない。

「いつがいい？」

魚之進は訊いた。

「明日でも明後日でも」

と、盗次はいまにも駆け出しそうな勢いで言った。

明日は、大奥に行く日である。

「では、明後日。木場《きば》の手前の亀久橋《かめひさばし》はわかるかい？」

「ああ」

「明け六つ過ぎに、おいらはそこで待ってるよ」

「わかった」

約束もできた。これから準備万端を整えなければならない。

八

翌々日である――。

明け六つ過ぎに、魚之進は約束どおり、一人で亀久橋の上にいた。

下の流れは仙台堀《せんだいぼり》である。少し向こうで、三十間川《さんじっけん》が南に折れて行く。まだ、木場に出入りする筏《いかだ》の行き来はなく、亀戸村《かめいど》のほうから野菜を積んだ荷舟がよちよち歩きの仔猪《うりぼう》のように通り過ぎるくらいだった。

さほど待たずに、盗次と相棒の二人がやって来た。上の道ではなく、二艘に分かれて、舟に乗っている。

「おう、来たか」

魚之進は上から声をかけた。

「ここから遠いのかい？」

盗次が訊いた。

「四、五町先だよ」

「じゃあ、乗りな」

河岸《かし》を下りて、盗次の舟に乗り込んだ。

魚之進は、浪人者らしく、短めの刀を一本差している。こいつらは、刃物を隠し持っているに違いない。いざとなると、三人相手に戦うことになるので、一瞬の油断も許されない。

「ところで、あんた、何者？」

舟を漕《こ》ぎながら、盗次は訊いた。

「侍崩れの学者崩れってとこかな。農業の研究をするうちに、畜産の研究にもはまったってわけさ」

すでに考えておいた嘘である。

「なるほどな」

盗次は納得がいったらしい。

木場の先、六万坪町《ろくまんつぼちょう》と呼ばれるあたりに開かれた新田がある。その一角に、材木を運ぶための牛を十数頭飼っている牧場があって、魚之進はすでにそこのあるじに話をつけておいた。

「ちっと騒ぎになるかもしれないが、しらばくれていてくれ」

と、魚之進は十手を見せて頼んだ。

「捕り物になるので？」

「捕り物もするが、その前にすることがあるんだ。あんたの牛を一頭借りてな」

「牛を？　なにをなさるので？」

「うん。馬鹿なやつが、牛の背中に乗るんだ。それで、背中に怪我をさせることになる」

「…………」

あるじは不安げな顔をした。

「死なせたりはしない。可哀そうだが、背中の肉をちょっとだけ削るんだ」

「はあ？」

「やるのはそこまでだ。すぐに背中の傷を縫《ぬ》えるように、金創医《きんそうい》も手配しておくよ」

「牛のために？　それはご苦労なこって」

おやじは呆れていた。

その牧場へやって来た。

柵のなかで、牛たちがのんびり草を食《は》んでいる。

「どの牛にする？」

と、魚之進が訊いた。

「牝牛がうまいんだろう？」

牝牛は、繁殖のため、小屋のほうにいる。いま、ちょうど仔を身ごもっていて、あんなことをやらせるわけにはいかない。

「いや、活きづくりの場合は、むしろ牡がいいんだ」

適当なことを言った。

「そうなのか。じゃあ、あれにするか」

黒光りしている巨大な牛を指差した。

「ほう。うまそうなのに目をつけたな」

本当にあんな牛の背に乗って、包丁で切りつけることができるのだろうか。自分のついた嘘に、魚之進は背筋が寒くなった。

牛に縄をかけ、柵を開けて、外の道に連れ出した。

盗次は牛にまたがった。馬に乗ったことはあるらしく、両足でしっかり牛の胴を挟みつけている。

「じゃあ、行くぜ」

盗次が言った。

「ああ、突進させるんだぞ」

魚之進が刀を抜くと、刃の横側で牛の尻を思い切り叩いた。

「モオーッ」

牛が悲鳴を上げた。もう一度叩くと、牛は猛然と駆け出した。

盗次は牛の首に回した縄をつかみ、振り落とされないようにしがみついている。

「兄ぃ、大丈夫かぁ?」

相棒の片割れが心配そうに声をかけたが、返事はない。

道は牧場を大きく回り込むようになっている。ちょうど反対側のあたりで、盗次が背中の包丁を取り出し、牛の背を切って、暴れる牛から肉片を切り取るのが見えた。

盗次が血まみれの肉を口に入れた。同時に牛が大きく身体をひねったので、盗次は道のわきに放り出された。

「どぉっ、どぉっ!」

牧場のおやじが小屋から飛び出して来て、暴れる牛をなだめにかかった。だが、盗次がふたたび牛に近づこうとしたので、魚之進は、

「よおし、そこまでだ!」

大きな声を上げた。

すると、田んぼの色づきだした稲のあいだから、一人、また一人と、男たちが姿を

現わした。南町奉行所の捕り方たちである。なかには、赤塚専十郎や本田もいるし、麻次や吾作もいる。総勢二十人ほどが、ゆっくりと花板盗次と相棒二人を取り囲み始めていた。

盗次は一瞬、なにが起きたかわからないみたいだったが、

「てめえ」

と、魚之進を睨《にら》んだ。

「その、包丁を見せてもらおうか」

赤塚が言った。

「この野郎！」

盗次は、魚之進に突進して来た。

魚之進も咄嗟《とっさ》に刀を抜こうとしたが、その前に近づいていた吾作が六尺棒で盗次の足を払い、転びかけたところを麻次が十手で首のあたりを殴《なぐ》りつけた。

「ううっ」

盗次はそのままつんのめった。

赤塚が、盗次の手を踏んで包丁を取り上げると、柄のところに刻まれた文字を見て、

「ほおら、とう次とある。花板盗次、観念しな」

たちまち縛り上げられた。

ほかの二人は、さほど抵抗することなくお縄になった。

「なんてこった……」

盗次は呆然としている。

「兄いの食い意地のせいだ」

と、相棒の片割れが言った。

「まったくだ」

と、盗次はうなずき、魚之進を包丁の先のような目で睨んだ。

その視線に負けまいと、

「うまかったかい？」

魚之進は、盗次に訊いた。

「おめえ、食ったんだろう？」

「いや。そもそも、あんな料理法はないんだ。おいらの頭のなかででっち上げたものなんだよ」

魚之進がそう言うと、盗次の顔は真っ赤に膨《ふく》れ上がった。

「ねえのかい。ふざけやがって」

向こうでは、背中を切られた牛が、呼んでおいた金創医に傷を縫われているようすが見えている。牛はすでにおとなしくなっていた。

「で、どうだったんだ、味は？」

魚之進はもう一度訊いた。

「うまかったよ。あれは、ほんとに最高だったぜ」

「………」

それは盗次の悔《くや》し紛《まぎ》れの嘘なのか、それとも本当に美味だったのか、魚之進にはまるで判断ができなかった。

第四話　青い飯

一

米の値段が上がっている。

稲の刈り入れはまだだが、この夏、奥州全域で日照りがつづき、不作を見越してのことらしい。

道端のこつじきは、まだそれほど多くない。本所や深川には、川浚《かわさら》いの仕事があるし、火事で焼けた一帯を再開発するのに人手も不足しているので、仕事をやる気がある者は、とりあえず路頭に迷わなくて済んでいるのだ。

ただ、蔵前の米問屋あたりに、ちょっと不穏な気配がある。騒ぎが起きるかもしれないというので、味見方から魚之進と本田伝八も警戒に出た。

こういうときは、バラバラには回らない。魚之進と麻次、本田と吾作は、いっしょに四人組になって、不穏の輩《やから》と思しき連中に、圧力をかける。

「打ち壊しなどさせぬぞ」

という態度を示して歩く。

だが、内心にはもちろん、庶民への同情もあるし、困窮から救ってやりたいという気持ちもある。

一方で、服部洋蔵が言っていたことも、脳裏によみがえる。

「ケダモノだけでなく、虫だって口にできるのだ」

つまり、なにを米にこだわっているんだと。食えるものならなんでも食って、生き抜きましょうよと、魚之進は言ってやりたい。だが、そんなことを書いて、立て札にでもしたら、逆に怒りを買い、一揆を引き起こしてしまうかもしれない。お前らは年貢の米を食い、おれたちには虫を食えというのかと。

蔵前から浅草のほうに近づいたころ、

「おい、あそこ、流行《はや》ってるみたいだな」

と、本田が一軒の店を指差した。

道と土間の境がないような店だが、置かれた縁台には、いっぱいの人が座っている。

「ああ。なにか、新しいうまいものでも食わしてくれるのかな」

そろそろ腹も減っている。

近づいてみると、なんの変哲もない一膳飯屋である。

ちょうど出て来た男を捕まえて、

「ここ、うまいのかい？」

と、本田が訊いた。

「うまいし、飯がきれいだし、給仕の娘が可愛いね」

「飯がきれい？」

と、魚之進は首をかしげ、

「娘が可愛い……そりゃあ、なによりだ」

と、本田は目を輝かせた。

四人がけの縁台が空いたので、まずは腰をかけた。

品書きは、「めし」の一品だけ。ただ、お膳の中身が書いてあり、目刺《めざ》し三匹または アジの干物、納豆、漬け物、めし、味噌汁となっている。

四人とも、アジの干物ではなく、目刺しを頼んだ。

ほどなくして、給仕の娘がお膳を運んできた。

「…………」

黙って、それぞれの前に置いていく。ふつうは、「お待ちどおさま」くらいは言うが、なにも言わない。

「なんだ、顔は可愛いけど、愛想は悪いのか」

本田が後ろ姿に文句を言った。

「おれたちが同心だからじゃないか」

と、魚之進が言った。飯屋なら、当然、米の値上がりに怒っているはずである。同時に蔵前を警戒している町方の同心も、憎らしい存在なのかもしれない。

すると、隣の縁台にいた客が、

「あの娘は口が利けねえんですよ」

と、言った。

「そうなのか」

本田の目に同情の気持ちが浮かんだ。

「それより、本田、この飯を見ろよ」

魚之進は、お膳を指差している。

「え？　なんだ、こりゃあ」

娘の顔ばかり気にして、本田はお膳に目を向けていなかったのだ。

「飯か、これ？」

ご飯がきれいな青い色をしているのだ。

魚之進は、茶碗を鼻に近づけ、匂いを嗅いだ。まぎれもない米の飯の匂いである。

ほかの匂いは感じない。

「こんなの食ったこと、あるか？」

魚之進は、三人を見回して訊いた。

皆、首を横に振り、

「まさか、藍染《あいぞ》めじゃないですよね？」

と、麻次が言った。

「いや、藍の色じゃないよ」

明るい青。晴れた日の空の色である。じいっと見ていると、飯のなかに雲が浮かんできそうなくらいである。

「これで色をつけてるんだ」

魚之進は、箸の先で、花びらみたいなものをつまんだ。数は多くないから、取り忘れたのかもしれない。

「朝顔の花びらじゃないですか？」

吾作が言った。

「いや、いまは朝顔なんか咲いてないぞ」

発句《ほっく》をひねるのに、いちおう季節の花は気に留めているのだ。青い花は、ほかにも藤やリンドウ、アヤメ、ショウブなどが思い浮かぶが、いまはもう秋も半ば。リンドウ以外どれも咲いているはずがない。

するると、さっきの隣の縁台の男が、

「朝顔だそうですぜ。植木屋の友だちもそう言ってました」

と、声をかけてきた。

「朝顔……」

魚之進の箸が止まっている。朝顔には毒があるのではなかったか。周りを見渡すが、別に気分が悪くなったような者は見当たらない。

本田も麻次も吾作も、すでに飯を食べ始めている。

「どうだ、味は？」

「うまいよ」

「変な味は？」

「ぜんぜん」

魚之進も一口食べて、ゆっくり嚙《か》んだ。たしかに、ふつうの飯と変わらない。

二口、三口と食べるうち、もうどうでもよくなった。

「碧《みどり》ちゃん。おかわり」

と、隣の縁台の男が、空になった茶碗を見せて、給仕の娘を呼んだ。

名前は碧というらしい。

本田もさっそく真似をして、

「碧ちゃん。こっちもおかわり」

と、呼びかけた。

碧は、本田の茶碗を受け取り、奥でよそってくる。やはり、青い飯である。

「この飯、おいしいね」

と、本田は言った。

「……………」

答えずに、にっこり笑った。野の花が風にそよいだような、なんとも素朴でいい笑顔だった。

二

翌日——。
「今日もあの飯屋に行こうぜ」

本田が肩をいからせて言った。行く気満々である。

「うん、まあ、いいけど」

赤塚からは、今日も蔵前の米問屋界隈を警戒してくれと言われている。定町回りも出ているが、もう少し数が欲しいのだという。

「可愛いよな、碧ちゃん」

本田は言った。

「そうだな」

またしても、惚れっぽい本田伝八が、碧ちゃんに夢中になったらしい。本田はいきなり恋に落ちる。浅瀬をのそのそと歩いてから深みにはまっていくのではなく、いきなり深々と潜水する。汚い言い方をすれば、肥溜《こえだ》めに落ちるみたいなのだ。昔からそうだった。

たしかに、碧ちゃんは、愛らしい顔立ちをしている。いわゆる細面《ほそおもて》の美人ではないが、目も鼻も口も、さらに顔全体も丸っこくて、なんとも言えない愛嬌がある。あれで、じつは悪女だったとかいうなら、この世は信じられなくなるだろう。

「でも、旦那……」

吾作が本田を見て、心配そうに口ごもった。

「なんだよ?」

「あの娘は、まったく口が利けねえじゃねえですか」

「いいじゃないか、話せなくても。あれだけ笑顔が素晴らしかったら、言葉に負けてないだろうが。うちの女たちみたいに、一日中ぺちゃくちゃと、くだらないおしゃべりをしているよりずっといいよ」

もう、寝ても覚めてもといった心境らしい。

昼過ぎに、あの店に入った。

今日も混んでいる。ほとんどが職人ふうの男たちで、武士は多くない。

品書きを見ると、今日は目刺しではなく、イカのゲソ焼きか、アジの開きから選ぶようになっている。四人とも、イカのゲソ焼きを選んだ。

「うん。これなら飽きずに、毎日来られるな」

と、本田はご満悦である。

今日もおかわりを頼み、碧ちゃんが持って来ると、飯を指差し、

「これ、うまい、うまい」

と、声に出さず、口を大きく開けて動かした。

碧ちゃんはわかったのか、笑顔になって、首をぴょこりと下げた。

「へっへっへ。好印象を与えたかな」

と、本田は嬉しそうに言った。

「あれでか？」

「それと、代金はおれがまとめて払うが、十銭ほど多めに払ってやるつもりだよ」

「金でつるのは下品だと思うけどなあ」

魚之進は呆れて言った。

「そんなこと言うな。それより、月浦。うまく、あいだを取り持ってくれよ」

「どうやって？」

「あいつはすごくいいやつで、今度、碧ちゃんと浅草の観音さまにお参りに行きたいと言ってるとかなんとか」

「そんなこと、自分で言えよ」

「頼む。この通りだ」

と、手まで合わせる。

「しょうがねえな。でも、まだ、早いと思うぞ。この店はまだ二度目だろうが。せめて、ひと月くらい通ってから、そういうことを言い出すものじゃないの？」

「そうか。それもそうだな。よし、明日から昼飯は毎日ここだ」

本田がそう言うと、中間《ちゅうげん》の吾作は、がっかりした顔をした。吾作は、うどんやそばが好物なのだ。

三

「ごちそうさま」

と、外に出たときである。魚之進の耳に、客の誰かが言った言葉が飛び込んできた。

「青い飯ってのは、じつは三つ葉葵《あおい》の葵の意味らしいぜ」

「え？」

思わず振り返った。

「つまり……」

その客はさらになにか言おうとしたが、

「おい、やめろ」

いっしょにいた数人のうちの一人が、慌てて人差し指を口に当て、魚之進のほうを見た。町方がいるぞと教えたのだ。迂闊《うかつ》なことは言うなと。

魚之進はしらばくれて歩き出してから、

「おい、本田、さっきの話、聞こえてなかっただろう？」

「なんの話？」

本田は女に夢中になると、人の話は聞こえなくなるのだ。

「青い飯は、じつは三つ葉葵の葵なんだと言った男がいた」

「どういうこと？」

「徳川家を食べるってことになるんじゃないか」

「…………」

本田は急に胃痛でも起きたみたいに、みぞおちのあたりを撫《な》でた。

「そういえば、キュウリの漬け物もあっただろ」

と、魚之進は言った。

「ああ。なにも気にせず、食っちゃったよ」

キュウリの切断面は、葵の紋に似ているというので、幕臣はキュウリを食べないと言われている。が、それは建前のようなもので、平気で食う者もいれば、縦に切って食う者もいる。

だが、改めて指摘されると、なにやら悪いことをしたような気になってしまう。

「どうする？」

本田が訊いた。

「聞き捨てにはできんだろう」

「もう一度行くか？」

「だが、この恰好じゃ駄目だ」

魚之進は、長羽織の袖を広げるようにした。

「着替えるか？」

「ああ」

味見方は隠密回りなのである。そのため、定町回りのような、着流しに黒羽織といった恰好はしないのだが、この数日は治安強化のため、目につきやすい恰好をしていたのだった。

奉行所で、いつもの浪人者に近い恰好に着替え、もう一度、あの店に行った。四人連れは目立つので、麻次と吾作は外で待ち、魚之進と本田は別々に入った。

すでに夕方の客が入り始めている。

昼はゲソ焼きだったので、今度はアジの開きにした。本田は離れたところに座ったので、なにを頼んだかはわからない。

給仕はやはり碧だったが、お膳運びが忙しいから、たぶん客の顔などほとんど見ていない。

隣の縁台の連中の話に耳を澄ました。

「青い飯は、じつは三つ葉葵の葵飯なんだとさ」

そう言ったのは、泥をかぶるような仕事をしてきた男である。連れのあと二人も、やはり着物が泥で汚れている。

「そうなの」

「だから、これを食うということは、徳川家を食ってしまうということになるんだ」

「へえ。そう思って食うと、ますますうめえや」

「ああ。おれは江戸に出て来てからも、なんにもいいことはねえが、米の飯がたらふく食えるのだけはありがてえ」

「国じゃなに食ってたんだ？」

そう訊いた男だけは、江戸育ちらしい。

「ヒエだの、アワだの、あと、たまにうどんを食った。うどんがいちばんのごちそうだった」

「米は食わねえんだ？」

「米は年貢用につくるだけだもの」

「そうなのか」

「でも、庄屋だの、田んぼをしこたま持ってるのは、食ってたみてえだな」

「そういうのは、おめえみてえに食い詰めて江戸に出て来たりはしねえか」

「ああ。向こうにいると、ごくつぶしとか言われるのが、こうして江戸に出て来てるのさ」

　すると、もう一人の男が、

「それでも、おれは国に帰りてえよ」

　と、ぽつりと言った。

　切ない話だった。

　食べ終えて外に出ると、本田が待っていた。

「やっぱり、ほんとだな」

　と、本田は言った。

「なにか聞いたのか？」

「ああ。葵の紋飯を食って憂さ晴らしだと言ってたよ」

「おいらも、そういうような話は聞いたよ」

「この店は昔からあったんだが、青い飯を出すようになったのはふた月前からで、それから客も増えてきたらしい」

「なるほどな」

「店のあるじを問い詰めるか？」

本田は振り向いて言った。あるじというのは、おそらく調理場のほうにいた五十くらいの男だろう。

「もう少し調べてからにしよう。勝手な噂だと言われたら、それまでだからな」

魚之進はそう言ったが、正直、あまり突っ込みたくない気がした。連中にだって言い分はある。幕府への陰口くらいは利かせてやってもいいのではないか。

四

翌日――。

魚之進と麻次は、大奥の台所に来ている。

どことなく、緊張が抜けたあとの、ホッとした感じが漂っている。昨夜、上さまが突如として大奥にお成りになられ、晩御飯と朝御飯を召し上がって、さきほど中奥《なかおく》にもどられたらしい。急なお成りだったらしく、だいぶバタバタしたのだそうだ。もっとも、上さまのお成りは、ほとんどが急に決まるらしい。

「なにせ、台所の者は、ほうぼうから脅されてますからね。なにかあったら、お前たちの責任だって」

脅している一人が魚之進であるかのように、八重乃は言った。

「それはしょうがないですよ」

魚之進はそう言って、なにか異変はないか、麻次と二人で台所を隅々まで細かに点検する。さすがにここは、ネズミ一匹、ハエ一匹もいない。

このあいだから、金魚を八匹入れた甕《かめ》を置いてもらっている。なにか気になる食材があったときは、これに入れて、金魚の無事を確認してもらうことにしたのだ。

魚之進は、その甕を指差して、

「使ってますか？」

と、八重乃に訊いた。

「もちろん」

「金魚は八匹いますね」

「でも、たとえ死んでも、別の金魚を入れることはできるわよ」

八重乃は意地悪っぽく言った。

「大丈夫です。柄をぜんぶ覚えてますから」

「ほんとに？」

「…………」

魚之進は答えない。

だが、そんなわけがない。が、そういう悪事はできないと思わせることも大事なのだ。

「ところで、近ごろ、魯明庵さんは来てますか？」

「いいえ。近ごろ来てません」

「最後に顔を見せたのはいつでしたっけ？」

「上さまが寛永寺にお出かけになるちょっと前でしたね」

「それ以来……」

あれから半月ほど経っている。もっぱら巷の店を回っているのか。

つづいて、麻次には台所を見張らせておいて、御広敷に行き、服部洋蔵と会った。

「服部さま。近ごろ、魯明庵は来てませんか？」

御広敷にも姿を現わすことがあるのだ。

「来てませんね。ただ、お庭番の者に聞いたところでは、しばらくは深川の元加賀町《もとかがちょう》にある尾張《おわり》藩の下屋敷にいたらしいんです」

「深川の……」

尾張藩の屋敷は、市谷《いちがや》の上屋敷と、戸山《とやま》にある広大な下屋敷が有名だが、ほかにも拝領屋敷などが江戸中に数えきれないほどある。以前は、越中島《えっちゅうじま》の屋敷に出没して、五右衛門鍋をつくったりしていたが、深川元加賀町の下屋敷ではなにをしていたのだろう。

「その後は、戸山の下屋敷に入りましてね。そこに籠《こ》もっているみたいです」

「戸山の下屋敷に籠もる……」

あんな広いところに籠もると言われても、ピンとこない。

「お庭番も、あそこはなかなか侵入できないらしくてね」

「土居下御側組《どいしたおそばぐみ》のせいですか」

「ええ。それと、尾張はなまじ縁戚関係になるので、逆に潜入が難しいところなんだそうです」

「ははあ」

それもピンとこない。

「逆に、土居下御側組のほうは、長年かけて、徳川家の中枢部に入り込んでいるかもしれないんだそうです。大奥だってわかりませんよ」

「不気味ですね」

もしかしたら、寛永寺の坊主になりすましている者もいるのかもしれない。十貫寺隼人を殺したのも、そういうやつだったのではないか。

「まあ、人手は向こうが豊富でしょう。幕府は全国の大名を見張らなければなりませんが、向こうは幕府だけに絞ればいいのですから」

服部は、うんざりしたように言った。

さらに、大奥の鬼婆《おにばば》の二人にも会った。もちろん、口にするときは、「鬼婆」でも「鬼役」でもなく、「お毒見役」である。

男顔負けの体格をしたみぞれさまと、枯れ枝のようなあずきさま。

みぞれは、鮮やかな青色の縞《しま》模様だの、市松《いちまつ》模様だのが使われた打掛《うちかけ》や帯や着物を着ていた。足袋《たび》まで青い。

一方のあずきは、みぞれほど着物へのこだわりはないらしく、いつも着ている小豆《あずき》色の打掛をはおっているが、よく見ると、素材がいつも違っている気がする。

大奥の女は着道楽。とは、聞いたことがある。遊びに行くところはなく、食べ物も限られるため、出入りの呉服屋から着物を買うだけが楽しみになるのだと。おそらく二人もそうなのだろう。

魚之進が訊く前に、

「近ごろ、魯明庵は見てませんよ」

と、みぞれは言った。

「ええ。尾張藩邸に籠もっているそうです」

「藩邸に？　それはそれで心配ですね。なにか企《たくら》んでいるのかしら」

「おそらく」

「探りは入れるつもり？」

あずきが訊いた。

「そうしたいのですが」

町方が尾張藩邸を探るのは容易ではない。

「月浦どの。くれぐれもお気をつけて」

「いちおう気をつけてます」

というより、じつはかなり警戒している。

少しでも助かる割合を増やそうと、近ごろは剣の稽古もやっている。といって道場に行く暇はないから、寝る前は庭で必ず剣を振っているし、奉行所の宿直《とのい》のときは、もっぱら十手を振り回している。

おそらく相手は、ふつうの剣ではなく、手裏剣だの妙な武器だの駆使する忍者なのだ。それで、とにかく速く動いて、速く逃げる稽古をしている。

それはともかく、二人に訊きたいことがあった。

「お訊ねしたいのですが、大奥にもやはり、派閥というのはありますか？」

「派閥？」

「人が集まると、どうしたってできますよね。それは決して悪いことではなく、仲間という気持ちを高めたり、あるいは辛いときには慰め合ったりもすると思うのですが」

「それは、ないことはないわ」

と、みぞれが言った。

「お年寄りに滝山さまという方がおられますよね」

「ええ、魯明庵と親しいのよ」

それは知っていたらしい。

「滝山さまは、派閥をつくってますか？」

二人は顔を見合わせ、

「やはりお年寄りに、梅川《うめがわ》さまという方がおられるのです。ちょうどお歳も同じくらい。ただ、滝山さまは尾張のご出身ですが、梅川さまは水戸《みと》のご出身なの。それで、尾張とか、西国出身のお女中は、わりと滝山さまに近く、東国出身のお女中は梅川さまに近いということはあります」

と、あずきが言った。

「ははあ」

「でも、必ずしも、その二派がいがみ合っているわけでもないのよ。現に、あたしは滝山さまのほうにいるけど」

と、みぞれが言い、

「あたしは梅川さまのほうね」

あずきが言った。

「でも、こうして同じ毒見役をしている分には、派閥などまったく関係ないし、互いに協力し合っているし」

「はい」

と、魚之進はうなずいた。

「それがなにか？」

「いえ。わたしも、大奥の内部のことはできるだけ頭に入れておきたいと思いまして」

じっさい、これを毒殺から守る手立てにしようと思ったわけではない。ただ、なにかのときに、滝山に相対する勢力は、役に立ってくれるかもしれなかった。

五

大奥の用事が昼前に済んだので、いったん役宅にもどって着替え、麻次とともに蔵前に駆けつけた。本田は今日も、米問屋の警戒に当たっている。

「どうだった？」

米蔵の前で行き合った本田に、魚之進は訊いた。

「うん、やっぱりいきり立っている連中はいるな。そっちの店では、客と言い合いになっていた」

と、本田は〈信濃屋《しなのや》〉という看板の米問屋を指差した。

「それで？」

米問屋側には、できるだけ低姿勢に応対して、怒りを助長しないよう申し伝えてある。

「番頭側が低姿勢だと図に乗るやつらもいるんだよな」

「そうなんだよ」

「そいつも、声が大きくなってきたんで、おれがスッと横に立ったんだ」

「ほう」

「収まったよ」

本田は胸を張った。

「そりゃあ、たいしたもんだ」

おそらく、いっしょにいた吾作の巨体も、ものを言ったはずである。

「おれも、あんたの気持ちもわかるけど、騒いだって米の値段は下がらねえよと、説教をかましてやった」

「うんうん」

ずいぶん自慢げだが、なかなかうまくやったと言っていいだろう。

「説教したら腹も減った。そろそろ碧ちゃんとこに行くか」

本田は急に脂下《やにさ》がって言った。

碧の一膳飯屋は、通りからのぞくと、今日も満員である。青い飯を食うことで、不平不満を解消しているのかもしれない。

魚之進は着替えて浪人者ふうの恰好だが、本田は黒い羽織を脱いで吾作に持たせ、縦縞の着物を着崩した。

入ろうとして、魚之進はふいに足を止めた。

「どうした？」

本田が訊いた。

「やっぱり、おかしいよ」

と、魚之進は言った。

「なにが？」

「口が利けない人って、たいがい耳も聞こえないよな。言葉が聞こえないから、言葉を覚えられず、口が利けないんだろ」

「あ、そうだな」

「でも、碧ちゃんは、音、聞こえてるぞ」

「そうなの？」

「よく、見てみろよ」

魚之進は、店の奥のほうを指すように、顎をしゃくった。

碧は客に呼ばれると、返事はしないが、ちゃんとそっちを見る。

「ほんとだ……じゃあ、喉の奥がふさがってるとか」

「そうかなあ」

そういう場合は、変な声でも「はい」くらいは言うのではないか。碧はひとことも発しない。

「じゃあ、なんだよ。わざとしゃべらないのか？」

「たぶんな」

「なんてこった」

本田は眉をひそめ、腕組みをした。

「おい、本田。昨日も確かめたように、この店に出入りする連中は、あの青い飯が、三つ葉葵を意味するかもしれないと、知ってて食ってるんだぞ」

「皆、不穏なやつらなのか？」

「そうとは限らないし、半分、冗談みたいな気持ちなんだろうと思う。でも、そう思わせようと仕組んだやつはいる」

「碧ちゃんだって言うのか？」

本田は憤然として言った。

「そこまでは言わないが、碧ちゃんは店の人間だぞ。可愛い、可愛いと脂下がっている場合じゃないと思うけどな」

「おい、厳しいことを言うなよ」

「とりあえず、飯は食おう」

と、なかに入った。

今日は、目刺し三匹か、冷ややっこを選ぶようになっている。魚之進と麻次は冷ややっこで、本田と吾作は目刺しを選んだ。

今日も飯の色は、きれいな青色である。キュウリの漬け物も、真横に切られている。

食べながら、店の奥を見た。

飯をつくっているのは二人いて、五十過ぎの男と、若い男である。昨日、耳を澄ましたところでは、若い男は碧の兄だという話もあったが、確かめてはいない。顔を見る限りでは、あまり似ていない。この建物は店として使っているだけで、寝泊まりは別のところでしているのだろう。

飯を食べ終えるころ、

「本田。お前、碧ちゃんの後をつけてみる気はあるか？」

と、訊いた。

「後を？」

「どこで寝泊まりしているかを探るんだよ。もちろん、暮らしぶりもな」

「そりゃあ、どういう暮らしをしているか、知りたい気持ちはあるけどな」

「お前が喜ぶことにはならないかもしれないぞ」

「それは仕方がない。おれも町方の同心だ」

「じゃあ、頼む」

本田は、店が閉まる暮れ六つごろに、またここに来ることになった。

六

麻次には、蔵前の米問屋の警戒をつづけてもらい、魚之進は一人で、八丁堀の山王《さんのう》旅所《たびしょ》の境内《けいだい》でおこなわれている植木市に向かうことにした。植木市は、月二回だが、今日がその日であることは、朝、通りがけに確認していた。

もちろん、植木だの盆栽だの買うわけではない。「どことなくじじむさい」とは、十代のころから言われていたが、まだ植木や盆栽で遊ぶつもりはない。

碧の飯屋で出される朝顔について、植木市で聞き込みをしてみようと思ったのだ。

朝顔には毒があるはずなのである。なのに、別段、腹痛が起きてないのはなぜなのか。

しかも、いまは朝顔の季節ではない。

ただ、江戸には園芸を道楽とする人が山ほどいて、変わった朝顔をつくっている人も大勢いると聞いている。そういう連中に訊けば、あの朝顔がどういうものか、わかるはずだった。

ここの植木市は、江戸でも一、二を争うほどで、今日も大勢の人で賑わっている。

魚之進は、菊の苗を売っている男に声をかけた。

「朝顔のことを訊きたいんだがね」

「朝顔？　もう、季節外れだよ」

男は苦笑して言った。

「それはわかってるけど、朝顔で、花が食べられるものってあるかい？」

「花を食う？　そりゃ、食いたければ、食えばいいけど、うまいかね、あんなもの」

「だいたい、朝顔は毒あるよね？」

「毒？　ああ、毒があるのは種だけだよ。うまく使えば、下剤になるらしいが、誰も使わねえなあ」

「そうか。種だけか」

魚之進は、間違って記憶していたらしい。だが、種だけでも、危険はある。

「朝鮮朝顔ってのは、花から葉っぱまで毒があるよな」

「あ、そういうのもあるんだ」

「でも、あれはもう、ほとんど栽培されてねえしな」

園芸の世界では、けっこう流行りすたりが激しいのだ。

「とくに食用の朝顔ってのはないんだな？」

魚之進は念押しするように訊いた。

「そういえば、聞いたことあるな。本所で朝顔造りをしてるお武家が、花の咲く時季が長くて、毒もなく、真っ青な新種をつくり出したって」

それこそ、飯に入れるにはぴったりの朝顔ではないか。

「なんていうお武家だい？」

「さあ、名前まではわからないね」

つぎに、変わった万年青《おもと》ばかりを売っている男に訊いた。

「新種の朝顔をつくった本所の侍って知ってるかい？」

「ああ。そりゃあ、梶《かじ》さんだよ。本所きってのワルで、喧嘩《けんか》の強さもぴか一なら、園芸の新種づくりでも名人なんだよ」

「へえ。じゃあ、小普請組の御家人かな」

暇で、内職で有名なのは、たいがいそうである。

「小普請だけど、御家人じゃなく、お旗本だって話だがね」

「そうなの」

「家なんか、ボロボロだし、石高《こくだか》も確か四十石くらいと言ってたね」

「四十石？　旗本で？」

そんな旗本がいるのだろうか。町奉行所の与力は、お目見え以下の御家人に当たるが、二百石をもらっているはずである。同心は、蔵米取りで三十俵二人扶持《ぶち》だが、いろいろ余得があるので、実質は四十石以上になるはずである。ただ、身分で言うと、御家人どころか、足軽あたりになる。

もっとも、家柄身分と知行のことは複雑怪奇だから、そういう貧しい旗本というのもいるのかもしれない。

「住まいはわかるかい？」

「緑町《みどりちょう》だよ。あのあたりで訊けば、誰だって知ってるよ」

というので、本所緑町に行ってみることにした。


本所緑町というのは、竪川《たてかわ》沿いに一丁目から五丁目まである細長い町並である。

二つ目橋を過ぎたところの一丁目で、屋台の支度をしていたそば屋に訊くと、

「ああ。梶さんなら、二丁目の下駄《げた》屋の路地を入ったところの家だよ」

と、教えられた。

一人目でわかるというのは、よほどの有名人らしい。

二丁目の下駄屋の路地を入ると、変な家があった。

路地を入ったところにあるのは、たいがい長屋なのだが、これは長屋ではない。路地の出口のところには、門らしきものはある。が、井戸があり、厠《かわや》もあり、その周りには夥《おびただ》しい植木鉢が並んでいる。植木屋の住まいみたいである。

一棟建ての、恐ろしく朽ち果てた建物があり、ここが梶家の住まいらしい。

声をかけようか迷っていると、なかから十歳くらいの少年が出てきた。つんつるて

んの着物に、刀を差している。

「こちらは、梶小吉《しょうきち》さまのお屋敷かな？」

と、魚之進は訊いた。

「お屋敷ってほどのものじゃないけどね。梶家はうちだよ」

いかにも小生意気そうな少年は言った。

「小吉さまはご在宅かな？」

「いないよ」

「お出かけで？」

「お出かけってほどのもんじゃないよ。父上は、吉原に行ってるんだ」

「吉原……」

どうやら梶小吉の息子らしいが、それが吉原に行っているなどと客に言うとは、いったいこの家のしつけはどうなっているのだろう。

「行ったのは昨日だから、今日はたぶんもどらないよ。まあ、明日の朝かな」

「はあ」

魚之進は、呆気に取られて引き返した。

七

翌朝、奉行所に行くと、

「おい、月浦。碧ちゃんの住まい、わかったよ」

と、本田が寄って来て言った。

「よくやった」

「おれはてっきり、どこかの長屋住まいかと思ったんだ。そしたら、違った」

「どこに住んでるんだ？」

「まあ、待て。それで、調理場で働いている男二人は親子だが、あいつらは碧ちゃんとは血のつながりはねえ」

「ほう」

「あいつらは、蔵前に近い浅草瓦町《かわらまち》の長屋に住んでるんだ。それで、碧ちゃんもてっきり長屋住まいかと思いきや、なんと、馬喰町《ばくろちょう》の旅人宿に泊まってるんだ」

「馬喰町の宿？」

田舎から訴訟に出て来たものが泊まる宿である。

「それで、宿のあるじにそっと訊いてみたら、野州《やしゅう》あたりから、庄屋の年貢の取り立てなどに不満があって、村人五人くらいといっしょに江戸に来たんだそうだ」

「そうなのか」

「でも、訴訟をしても、勝つのは難しそうだと、ほかの連中は諦めて、村に帰ったらしい」

「碧ちゃんだけ残ったのか？」

「そうみたいだ」

「江戸に来たのはいつだ？」

「ふた月前だそうだ」

「そうなのか」

「しかも、お前が睨んだ通りだ。碧ちゃんは話せるらしい」

「やっぱりな」

「ただ、田舎訛《なま》りはかなりひどいそうだ」

「それを笑われるのが嫌で、口が利けないふりをしてるのかな」

「そこはわからんけどな」

「それがなんで飯屋を？」

碧が怪しく思えてきた。

「碧ちゃんに訊くしかないか」

と、本田は言った。

「訊いたって、ほんとのことを言うか？」

「碧ちゃんなら言うと思うな」

「…………」

本田は人がいいのだ。だが、その人のよさにほだされるかもしれない。

「もちろん、おれが訊くよ。お前はわきにいればいい」

「でも、お前、同心の恰好をしてるのを見られてるぞ」

「忘れてるさ。たとえ見てても、江戸に来てふた月目だぞ。町方の同心の恰好なんて、わかっちゃいないさ」

「そうかもな」

本田にまかせてみることにした。

この日の仕事が終わると、碧は店を出た。男二人にお辞儀をすると、碧は浅草橋のほうへと歩き出した。ここから、宿のある馬喰町には、両国広小路のわきを抜けるような道筋になるが、そう遠くはない。

碧は、まだいくらか賑わいのある広小路界隈には目もくれず、まっすぐ宿へ向かうつもりらしい。

馬喰町の通りに入ったところで、

「やあ、碧ちゃん」

本田が前に立った。

「おれだよ。毎日、食べに行ってるだろ。まだ、覚えてくれないの」

「……………」

一瞬、身を固くした碧だが、本田の顔を思い出したらしく、笑顔になった。

「この前も、向こうの宿のところで見かけたんだけど、急いでたみたいだから、声はかけなかったんだ。宿の主人に挨拶してたよね。ただいまって。話できるんだろ。田舎訛りは恥ずかしいのかい？　そんなこと気にすることないよ。おれも、死んだ母親が野州の在の出だから、訛りがひどかったんだ。だから、訛りを聞くと、懐かしくて、あったかい気持ちになるんだよ」

本田は調子良く話した。話の中身は、打ち合わせた通りだった。

「そうなの」

碧が言った。

「そこで、おしるこでも食べない？　ごちそうするよ。いつもうまい飯食わせてもらってるお礼に」

本田はすぐわきの甘味屋を指差した。

間口が広く、街道の茶店を大きくしたみたいな、入りやすい店である。

「ほらほら。おしるこ一杯だけ、付き合いなよ。こいつは、おれの幼なじみで、魚《さかな》っていうんだ」

本田は打ち合わせにないことを言った。

「さかな？」

「どうも」

魚之進はぺこりと頭を下げた。

「変わった名前だない？」

と、碧は言った。訛りは強い。

「うん。恥ずかしいよ」

「そだらことねえよ。名前なんか恥ずかしがることねえもの」

「ま、とりあえず、座って、座って」

本田が空いていた縁台に腰かけさせた。

「おしるこ三つ。嫌いじゃないだろ」

「あんまり食ったごとねえから」

「うん。あんまり食い過ぎると、虫歯になるから、気をつけなよ」

すぐに出てきたおしるこをすすって、

「うんめえ」

碧は顔をほころばせた。

「碧ちゃん、なんで江戸に？」

と、本田が訊いた。

「村の人が直訴《じきそ》に来るのに、男衆ばっかりだから、おめも来て、飯の世話だのしろって」

「そうなのか。直訴はうまくいったのかい？」

「ううん。駄目だった」

「でも、碧ちゃんは、江戸に残ったんだ」

「そう。あだしらの話を聞いで、同情してくれた人が、店を手伝ってくれねえがって声をかけてくれたもんで。そんで、その人が、村の衆とうまく話をつけてくれて。あだし一人、江戸で働くことになった」

「そうなんだ」

「あだしも訛りが強いから、江戸では働くの難しいと思ったんだけど、話しなくていいからって。あだしは、黙ってるほうが、客の人気も出るぞって」

「へえ」

本田は感心したが、それは魚之進もいっしょである。たいした策をさずけたものである。じっさい、碧は口を利かないから、逆に謎めいたり、ときめくものを感じさせたりして、人気が出ているのかもしれない。碧は碧で、そのほうが気楽に働けているのだ。

「でも、あの青い飯は面白いよな」

「うん。きれいだしな」

「まさか、碧ちゃんが考えたわけじゃないだろ？」

「あだしじゃねえ。あだしに、あそこで働けって言ってくれた人が、店の人に知恵を出してやったみてえだ」

「あれって、朝顔の花だろ」

「うん。特別な朝顔だって」

「あれって、きれいだから青くしただけなのかね。ほかの客は噂してるぜ。青い飯は、三つ葉葵の葵飯だって」

「んだよ」

碧はうなずいた。

「やっぱりそうなの？」

「あだしに働けって言ってくれた人も、そんなことを言ってたよ。徳川さまの政《まつりごと》がよくないから、皆、苦労してるって。百姓は、厳しい年貢で苦しめられ、江戸の町人も貧乏で苦しんでるんだって。だから、せめて、葵のご紋の飯を食って、気持ちを晴らすんだって」

「いい考えだって思ったかい？」

「うん。あだしの村でも、皆、年貢が厳しくて苦しんでるもの。あだしは、江戸に残って、おどっさんも、おっかさんも、心配はしてるけど、食い扶持が一人分減ったから、助かったはずだ」

碧は悲しそうに俯《うつむ》いて言った。

「そうかあ」

「その人が言うには、世のなかを根こそぎ変えねど駄目だって」

「根こそぎ変える？」

「どういう意味なのか、あだしにはわがんねえけんど、その人は、民百姓のことを思って言ってくれてるみてえだったよ」

「なんていう人なの？」

「名前は知らね。んでも、いい人だ。たまにしか来ねえけんど、あだしの給金も増やしてくれて、もうじき宿を出て、長屋暮らしを始めるだで」

「そうなのか」

「あ、もう、宿にもどらねえと、裁縫を頼まれてるから」

碧は立ち上がった。

「うん、またな」

「ごちそうさまでした。あ、あの……」

「なんだい？」

「あだしがしゃべるごと、ほがのお客さんにはないしょに」

「もちろんだよ。じゃあな」

碧は宿のほうに駆け出して行った。

その碧の後ろ姿を見送って、

「うまく訊いたじゃないか、本田」

と、魚之進は言った。

「そうかな」

本田は照れた。

「碧ちゃんに、あそこの仕事をやったやつがいたんだな」

「ああ」

「根こそぎ変えるとぬかしてるんだ」

「まさか、あいつか」

もちろん本田は、魯明庵を思い浮かべたのだ。

「もしかしたらな」

まだ証拠はない。

「でも、後味は悪いよ。なんか、あんな素朴な娘を、騙《だま》して話を聞いたみたいで」

「まあな」

「あの飯屋がつぶれたら、碧ちゃんは路頭に迷わないか？」

「青い飯はやれなくなるかもしれないが、店はたぶんつぶれないよ。それに、田舎訛りが出たって、あの娘はちゃんと仕事して行けるさ」

「そうだよな。ま、青い飯がなくなっても、おれは食いに行くけどな」

「うん。そうしたらいい」

魚之進は、本田の恋を応援したくなっていた。

八

次の日の朝――。

魚之進は麻次とともに、本所緑町二丁目の梶小吉の家を訪ねた。

路地をくぐると、井戸の横に置いた縁台に、小柄で筋肉質の武士が、着物の胸元を大きくはだけてくつろいでいた。団扇《うちわ》を使う季節ではないのに、はだけた胸のなかに、しきりに風を送っている。いかにも吉原で遊んでもどったばかりのような、妙な艶《つや》っぽさも感じられる。身なりはいい。脇に置いた刀も、見るからに業物《わざもの》である。この家と、武士の姿恰好は、あまり似合っていない。

武士はじろりと魚之進を見た。その目の光は、少年のように澄んでいながら、刃物の鋭さがある。いかにも只者《ただもの》ではない。

「梶小吉さまですね。南町奉行所の月浦と言います」

「ほう。隠密回りかい？」

と、梶は訊いた。定町回りの恰好ではないからだろう。

「ええ」

「おれが隠密回りに目をつけられることをしたかな。でえいち、おれは旗本だぜ」

旗本にしてはずいぶん伝法《でんぽう》な物言いである。

「この植木や盆栽ですが……」

と、魚之進は見回した。

「旗本が内職やっちゃいけねえのか？」

つっかかるような言葉だが、笑みを含んでいる。素行不良の武士はたいがい機嫌が悪いが、この人は機嫌のいい不良なのだ。

「いえ、そんなことは」

「食えねえんだもの、しょうがねえだろう。稼げるなら、もっこだって担ぐし、町内の汲み取りだってやるぜ」

「そんな」

「文句あんのかい？」

また微笑んだ。冗談も好きなのだ。

「いや、文句じゃないんですよ。ただ、お訊きしたいことがあるだけで」

「訊きたいこと？」

「梶さんがつくった朝顔のことです」

「ああ。ずっと咲いてる朝顔か」

「ええ。いつごろ咲き出すんですか？」

「ふつうの朝顔と同じだよ。六月（旧暦）になると咲き始めるが、百日紅《さるすべり》より長く咲いてるぜ。いまも咲いてるし、あとひと月ほどは咲きつづけるだろうな」

「そんなに」

「あれは、傑作だな」

「毒はないですよね」

「ねえよ。それどころか、食べられるぜ」

「種以外は？」

「種もたぶん、毒はねえな」

「うまいんですか？」

「いや。食えるってだけで、たいしてうまくはねえ。わざわざ食うやつはいねえかもな」

「そうですか。飯に混ぜて、青くして食べさせてる店もありますしね」

「そうなのか？」

梶は目を瞠《みは》った。

「知らないんですか？」

「ああ。それは知らねえな」

「売ったんでしょう？」

「去年のことだがな」

「ここにはないんですか？」

「ないよ。そいつしかつくれねえってことで、ぜんぶの種を売ったんだ」

「そうなので」

「そのかわり、目玉が飛び出すほどの値だったぜ」

それで、身なりを整え、吉原の豪遊を繰り返しているのだろう。そのくせ、屋敷の改修などはする気がないらしい。一種の快男児なのだろう。

「売った相手は誰なんです？」

「名前なんざ知らねえよ」

「そうですか」

「豪商のような、大名のような、妙なやつだったな」

「大きな身体をしてましたか？」

「ああ、してたよ。一度、町で見かけたことはあるんだ。深川の料亭の〈平清《ひらせい》〉に、でかい顔で入って行くところをな」

平清に大きな顔で入っていく巨体の男といえば、まず北大路魯明庵に間違いないだろう。

やはり、青い飯の背後には、徳川元春《もとはる》がいたのだった。

九

その足で、麻次とともに深川の元加賀町に向かった。

この屋敷は、木場とお寺に囲まれて、目立たないところにあった。もしかして、梶小吉から購入した大量の朝顔の種は、ここの庭で育てられているのではないか。

切絵図で確かめると、ざっと二千坪ほどの敷地がある。

「なかをのぞきたいよな」

魚之進は言った。

「裏に回ってみますか」

「そうしよう」

裏手に回った。周囲は材木置き場になっていて、人けはほとんどない。

塀はさほど高くない。

「庭をのぞくくらい、いいだろう」

「じゃあ、あっしの背中に乗ってください」

と、麻次が塀に手を当て、かがむようにした。

「すまんな」

と、麻次の背中に足をかけようとしたとき、

「こそこそと、なにをしてるんだ」

後ろで声がした。

「あ」

北大路魯明庵がいた。いつから後をつけられたのだろう。もしかしたら、門番あたりから報告がいったのかもしれない。

「味見方か。なかに、うまいものなどないぞ」

「いや、まあ、今日はうまいものより、別なものを探索中でして」

「なんだ、別なものとは？」

「お旗本の梶小吉さまから、夏が終わっても咲きつづける真っ青な朝顔の種を購入したのは、どうも魯明庵さんみたいでしたので」

「あれは食えるしな。救荒《きゅうこう》作物としても役立ちそうだ」

「まるで世のため人のためみたいですね」

「まあな。それに、あれで飯に色をつければきれいだろう。食べるものを美しく飾ることは大事だからな」

「蔵前の一膳飯屋ですね。おいらも食べました。きれいでした」

「だろう」

「でも、飯屋に卸すとなると、相当な数の花が要《い》りますね」

「ああ。あの旗本が次から次に花を咲かせる朝顔をつくったから、卸せるようになったのさ。あいつは、なかなかたいしたやつだよ」

「咲いている花は見たことないんですよ」

「きれいだぞ。見たいか？」

「ええ」

「見せてやるよ」

と、魯明庵はさっさと歩き出した。

表門のところに来て、門番に脇戸を開けさせた。

「さあ、来い」

「はい」

麻次は外で待たせることにした。なかでなにかあったら、番屋に駆け込んでもらわないといけない。

「旦那、気をつけて」

「うん。麻次もな」

玄関の横から裏手に回る。その庭は、右手の一画にあって、さっきのところからのぞいても、見えなかったかもしれない。

「ああ」

息を飲んだ。一面、朝顔が咲き誇っていた。

なんと鮮やかな花の色なのか。しかも、凄い量である。

「きれいですね」

「きれいだろう」

「江戸中に出回ってもよさそうですね」

「出回らないよう、わしが買い上げたのさ」

「そうだったんですね」

「だいぶ、かかったけどな」

梶小吉はいったいいくらもらったのだろう。

「それで、食い詰めて江戸に出て来た娘をそそのかし、飯屋で青い飯の給仕をやらせたんですね」

と、魚之進は言った。

「そそのかしたわけではない」

「あのあたりの者は、青い飯は、三つ葉葵の飯なんだと噂しています」

「そうなのか」

と、魯明庵はとぼけた。

「しかも、幕臣は食べないと言われるキュウリの輪切りもいっしょにつけて」

「それがどうした？」

魯明庵は居直った。

ここは敵地の真っただ中である。なんだって自分は、ここまで突っ込んだことを言っているのだろう。

「気運というものをつくろうとしているのですね」

と、魚之進は言った。

「気運？」

「世のなかは、気運をつくることで動かせるんですよね」

「ほう」

「葵の紋なんか食っちまえと」

「倒幕の気運か」

「つまらぬ噂を流して、世のなかを混乱させるのは、やめていただきたい」

魚之進は魯明庵をまっすぐ見て言った。

魯明庵は刀を差していない。だが、無刀でも、魚之進より強いだろう。そして、刀を取り上げられ、斬り刻まれて、この庭のどこかに埋められる。麻次がなにを言おうが、「さっき裏口から帰ったがな」で、済まされる。

おいらはなんてことを言っているのか。

「なんだと」

案の定、魯明庵の目に怒りが宿った。

「魯明庵さんにお縄をかけることになりますよ」

魚之進はやめない。いったいどうしたのか。自分の気持ちがわからない。

「できるかな」

「できますよ。魯明庵さんが、美味品評家でいるときなら」

「いるとき？」

「もちろん、本当のご身分も存じ上げています。でも、それは暗黙の了解にはしておけても、正式には名乗れないでしょう。なにせ、お家の名誉に関わりますからね」

「…………」

「だが、魯明庵さんが美味を追求するお気持ちは、道楽ではない。おそらく命がけといっていいくらいの生き甲斐でもあるのでしょう。辛い立場だと、お察しいたしますがね」

「生意気抜かすな。木《こ》っ端《ぱ》役人になにがわかる」

「木っ端役人だからわかることもありましてね」

「…………」

魯明庵は黙ったまま、背を向けた。

言い過ぎたと、魚之進は後悔した。

屋敷の外に出た。無事に出られたのは、奇跡のようなものである。麻次が待っていた。

「ご無事で」

「とりあえずな」

ずいぶん緊張していたらしく、足ががくがくしている。

「というと？」

「魯明庵を怒らせた。たぶん、おいらは消される」

「そんな」

「もちろん、消されないよう努力する。まずは、お奉行にこれまでのことを話しておく」

奉行所に急ぐことにした。

十

筒井和泉守《いずみのかみ》に面会できたのは、夕方になってからだった。

「青い飯が三つ葉葵とな」

筒井は呆れた顔をした。

「客はすでに噂を聞いているらしく、喜んで食べています。天下を食う気分なのでしょう」

「それにキュウリまでついたらな」

「しかし、世のなかの気運は、そういうところでつくられていきます。徳川幕府なにするものぞと思う者も増えていくかもしれません」

「だろうな」

筒井はうなずいた。

そうしたことを過剰に警戒すれば、重苦しい世のなかになるが、しかし軽視することはできない。

「魯明庵にそれを指摘すると、物凄い顔で睨《にら》まれました」

「そなた、まずいぞ」

筒井は眉をひそめて言った。

「やられたときは、仇《かたき》を討ってください」

「それより、まずは身を守れ。今日から奉行所で寝泊まりせよ」

「いや、そこまでは」

「では、隠密同心に警護させよう。ただ、今日は出払っているな」

「大丈夫です」

まさか、今日の今日は襲われないだろうと思った。

だが、それは油断だった。


麻次と別れ、一人になった。

尾張町の角から、いわゆる銀座《ぎんざ》の通りに入る。まだ、人通りは絶えていない。夜はできるだけ人けのあるところを歩くようにしている。

京橋《きょうばし》の手前を右に曲がった。竹河岸《たけがし》と白魚屋敷《しらうお》に挟まれた通り。京橋川を挟んだ向こうの通りには人けがある。京橋を渡ってしまえばよかったと思った。

前から二人組が来た。

黒装束ではないが、闇に溶け込むような恰好をしている。草鞋《わらじば》履きで、ほとんど足音を立てていない。

――はっ。

魚之進の身体に緊張が走った。

二人は並んで歩いて来る。なにげないようだが、隙《すき》がない。綱渡りでもしているみたいである。

魚之進は、道の端に寄った。提灯《ちょうちん》はないが、月明かりと周囲の灯で充分に明るい。

突然、二人組はサッと前後を挟むように動いた。

刀を抜いていた。薄い闇に、白い光が走った。

魚之進も咄嗟《とっさ》に刀を抜き放った。

カチン。

と、刃がぶつかり、火花が散った。

想像していた剣捌《さば》きだった。短い刀を振り回してくる。

魚之進も刀を短いものにしていた。それを長刀の鞘《さや》に納め、短刀のほうはふつうに差していた。

「えいっ」

いきなり一本を前の敵に投げつけると、

「やっ」

のけぞって、動きを止めた。ひるんだのだ。意外な動きだったのだろう。

魚之進は、もう一本の短刀を振り回した。やたらと動きながら、大声を上げる。

「曲者《くせもの》だ、曲者だ!」

刀を振り回しながら駆け出す。

「殺される。助けて、助けて」

こんな情けない武士と戦ったのはたぶん初めてだろう。誰が無言で斬られるものか。同じ殺されるなら、大騒ぎしながら殺される。

後ろから追って来て、背中を斬られた。

倒れそうになりながらも走る。足の速さには自信がある。

「こいつらは、土居下御側組だ！」

振り向いて叫んだ。

ぎくりとしたのがわかった。

「やっぱりだ。土居下御側組だ！」

「よせ」

敵が口を利いた。言われていちばん困ることを言ったのだ。

「尾張藩が町方の同心を襲うのか」

さらに大声で言った。慌てた気配があった。

また追いつかれ、ふたたび背中を斬られた。

この騒ぎに、

「お、なんだ、どうした」

「斬り合いだぞ」

「誰か斬られてるぞ」

周囲で大声がしてきた。さらにその声で、方々から人が出て来た。

「ちっ」

敵の舌打ちが聞こえた。

白魚橋、弾正《だんじょう》橋と渡ったところで、向こうから同心と中間が来た。

「曲者だ、曲者だ」

そこはもう八丁堀である。

水音がした。二人組が川に飛び込んだのだ。

「逃げた。土居下御側組が逃げた」

上から怒鳴った。だが、水面は暗く、二人は潜ったのだろう。

「あ、月浦じゃないか」

向こうから来たのは、本田と吾作だった。

「本田か」

安心して、倒れそうになった。こんなやつでも、いざとなると頼りになるらしい。

「ああ。忘れ物をしたのでもどるところだったんだ」

「助かった」

「斬られてないのか」

「鎖帷子《くさりかたびら》を着込んでおいてよかったよ。背中を二度、斬られたからな」

お奉行から、せめてそれを着て帰るようにと、命令されたのだ。じつにありがたい命令だった。

「危なかったな」

「ああ。だが、土居下御側組だろうと言うと、ずいぶん動揺していた」

「それを言ったのか。お前、ますます狙われるぞ」

「いや、逆に控えるかもしれない」

そう願いたい。

十一

本田の家に寄って、斬り刻まれた着物と同じ色の着物を借りた。これはもらって、新しい着物を買って返せばいい。

あんな着物で役宅に帰れば、お静に心配をかけてしまう。それどころか、またも波之進のときの惨劇がよみがえり、しばらく打ちのめされるに違いない。そんなお静の姿は見たくない。

役宅にもどると、玄関口にいた犬が尻尾《しっぽ》を振った。お静の警護のために、犬を探していた父が、ようやくぴったりの犬を見つけてきた。まだ幼いがずいぶん賢いらしい。

「ただいま帰りました」

できるだけ明るい口調で言った。明る過ぎて、悪党を五人くらい捕まえたかと思われたかもしれない。

「お帰んなさい。晩御飯は？」

「いただきます」

立派なヒラメを焼いたものが出た。切り身ではなく、尾頭付きである。

「これは凄い」

「お父上が釣っていらっしゃったのですよ」

「へえ」

釣りの腕はさほどでもないから、よほど運が良かったのだろう。今日は父子ともに運のいい日だったのかもしれない。

剣戟《けんげき》で腹が減っていたらしく、三杯おかわりした。

食べ終えると、

「魚之進さん、少し痩《や》せた？」

お静が訊いた。

「そうかな」

忙しくて、この十日あまり、昼飯を抜いたり、夜は役宅で食べずに、焼き芋だけですましたことも何度かあった。それで痩せたのかもしれないが、だからといって、身体がだるいとか重いとかいうことはない。

「魚之進さんて、波之進さんに似てきたわね」

「立ち居振る舞いが？」

「ううん、顔が」

「そんな馬鹿な」

魚之進は笑った。兄貴は誰もが振り向くいい男だった。魚之進には、誰もが困ったような顔をする。

「それとも、あたしが魚之進さんにあの人の面影を見ようとしているのかしら」

「え」

「なんでもない。ご免なさい」

お膳を片付けて、台所に行った。

魚之進は、自分の部屋に入った。

剣戟の疲れがこみ上げ、早々と床を取った。

蒲団の上に座って、お静の言葉の意味を考えた。おいらに兄貴の面影を見ようとしている。それはどういう意味なのだろう。

思わせぶりの台詞《せりふ》なのか。女がそういうことを言うのは、さんざん経験してきた。もてないことでは、本田とともに自他ともに認める魚之進だが、それでも女の言葉に、

――もしかして、行ける……？

と、期待し、悩んだことは幾度となくあった。

いいほうに解釈できる物言い。

それは、男が女の前だと、我知らず肩を怒らしたり、胸を張って逞《たくま》しく見せたがるように、女は男に対して、つい言ってしまうようなものなのか。

それとも、おいらの願いが徐々に叶えられつつあるのか。

襖《ふすま》の向こうで足音がした。

――え？

魚之進は耳を澄ました。部屋の前で止まった。

この刻限に、お静がこっちの部屋に来ることなどない。魚之進の部屋と、お静が寝起きする部屋は、この家では津軽《つがる》と薩摩《さつま》くらい離れている。

まさか、忍んで来てくれたのか。もしも、いっきに男女の仲になってしまったら、どうしよう。だが、魚之進は経験がない。絵草紙の類いは山ほど見たが、実体験はない。それで、はたしてうまくできるのか。

魚之進の胸が苦しいほど高鳴った。

「ねえ、魚之進さん」

お静がかすれた声で、声をかけてきた。

十二

翌朝――。

魚之進は、八丁堀の地蔵《じぞう》橋のたもとに住む医者の佐野洋斎《さのようさい》を訪ねた。大奥に出入りするようになったばかりのころ、毒物について訊ねるため来たことがあった。朝早いので、まだ患者は誰も来ていないらしい。

佐野洋斎は、魚之進の顔を覚えていて、

「おや、まだ毒のことを調べているのですか？」

と、訊いた。

「今日は毒ではなく、疱瘡《ほうそう》のことを教えていただきたくて」

「疱瘡？　ご心配なことでも？」

「心配というか」

「あたしのことはお気になさらず。すでにかかっていて、軽く済んでますので、もうかかることはないでしょう」

「そうなので」

「医者というのは、とにかくいろんな病人に接しますのでな、自分もいろんな病にかかるのですよ。ところが、病に鍛えられるのでしょうな、かかってもたいがい軽く済んでしまうのです。風邪などもしょっちゅううつされますが、寝込むようなことはまずありません」

「へえ。それは面白い話ですが、おいらの心配ではないんです」

「身近な人にいますか。近ごろは、収まっているみたいですが」

「収まっているというと？」

「ああいうものは、流行りがありましてな。わーっと流行ったあと、しばらくなりをひそめる。だが、また何年か経《た》つと流行り出す。その繰り返しです。江戸では収まっていても、どこか田舎《いなか》のほうを回っているのでしょうな」

「ははあ」

とりあえず、なかの診療室に入れてもらった。

「お訊ねしたいのは、お城で疱瘡が流行ったことはあるかということなんです」

と、魚之進は言った。

「千代田《ちよだ》の城で？」

「はい」

「どうですかねえ。あたしはご覧のとおり町医者ですのでね。ただ、あたしの師匠は御殿医をなさっていたので、多少は噂みたいなものは聞いてました。なにせ、お城は警戒が厳重でしょう」

「厳重ですね」

「それは、敵の攻撃に対して厳重なだけではない。病に対しても同様です。つまり、大勢の御殿医が、上さまに病を近づけまいと、厳重な警戒をなさっている」

「なるほど」

「もし、咳《せき》をする者がいたら、上さまに近づけないどころか、登城を差し止めてしまうでしょう。腹痛だの、熱だのも同様です。とにかく、病の気配がある者は、登城しないし、追い出されたり、隔離されたりする」

「では、疱瘡も？」

「少しでもその兆候がある者は近づけないし、巷《ちまた》で流行り出したとなれば、なおさら警戒は厳重になるでしょう。ですので、お城では風邪《かぜ》も滅多に流行らないというから、まして疱瘡が流行ったことは、おそらくないでしょうな」

「疱瘡というのは、どうなればかかってしまうのです？」

「かかった者に触ってしまうとうつりますな。たとえ、直接、触らなくても、膿《うみ》がついたものに触れるのもいけません」

「かかった者は見た目でわかりますね？」

「わかります。熱っぽい顔をしてますし、皮膚に独特のぼつぼつができてますからな」

「でも、それが食べ物についていたら？」

と、魚之進は訊いた。訊きながら、胸が高鳴るのがわかった。

「食べ物に？」

「患者の膿がついたものを、知らずに触ったり、あるいは食べてしまったら？」

「それは考えてもみませんでしたな」

佐野はのけぞるように背を伸ばし、頭に手を当てた。

「お考え願います」

「食べ物といっても、たとえばネギなどについていても、まず、それを洗いますわな。お城の台所あたりなら、なおさらきれいに洗うでしょう」

「はい」

「しかも、生ものはあまり召し上がらず、たいがい煮炊きしてから召し上がる。おそらく、たいがいの毒は、煮炊きすると消えてしまうことが多い。もっとも、フグの毒だの、毒キノコの場合は、煮炊きしても消えませんがな」

「もし、膿のついた食べ物で、あまり洗わず、煮炊きもせずに口に入れるようなものが、お城に持ち込まれたりしたら？」

魚之進は佐野洋斎を見つめた。

佐野はうなずいて言った。

「悪意を持ってそうしたことが行われれば、流行るかもしれませんな」

「そうですか」

「大丈夫かな。顔色が悪いようだが」

「大丈夫です。ありがとうございました」

魚之進は、礼を言って外に出た。


それから、南町奉行所に向かった。

店に向かうお店者や、現場に向かう職人たちと、大勢、行き違う。こんな路上で、土居下御側組の襲撃はないだろう。

昨夜のことを思い出す。

お静が、魚之進の部屋を訪ねて来た。それは、あることをふいに思い出したからだった。

「あたしが八つくらいのときだったと思います」

と、お静は言った。

「確か、番頭の一人が疱瘡にかかって、しばらく店に出て来なかったことがあったのです。その番頭は、それを苦にして、大川に身を投げ、亡くなってしまいました」

「そうだったのですか」

「でも、身を投げた理由は、疱瘡にかかったからではなく、かかってもいないのに、出入りを止められたからだという噂が出たのです」

「ははあ」

「番頭には、まだ幼い息子がいました。あたしと同じくらいの歳だったと思います。その子は疱瘡にかかっていたのです」

「というと？」

「だから、番頭もかかっていたかもしれません。そして、その番頭は、店の誰かからうつされたのかも」

「ああいうのは、誰からうつったか、わからないときもあるでしょうね」

「でも、番頭の息子は、うちの店を恨んだ気がします」

「その息子が？」

「いま、うちの店を脅し、下っ引きの人を殺したのかもしれません」

「なるほど」

その話は、以後、大粒屋《おおつぶや》では語ることを禁じられ、お静もすっかり忘れていたのだという。だが、それがどういうわけか、ふっとよみがえったらしい。

お静の話は、北大路魯明庵につながる。

魯明庵はおいらを見張るうち、大粒屋を恨んでいる元番頭の息子のことを知った。そして、そいつの話から、上さまを暗殺するための、新たな策を思い付いたのではないか。

——上さまは、毒ではなく、病で暗殺されるかもしれない！

魚之進は、歩きながらも、その恐怖で足が震えている。

本書は、講談社文庫のために書き下ろされました。

|著者|風野真知雄　1951年生まれ。'93年「黒牛と妖怪」で第17回歴史文学賞を受賞してデビュー。主な著書には『わるじい慈剣帖』（双葉文庫）、『姫は、三十一』（角川文庫）、『大名やくざ』（幻冬舎時代小説文庫）、『占い同心 鬼堂民斎』（祥伝社文庫）などの文庫書下ろしシリーズのほか、『ト伝飄々』（文春文庫）などがある。『妻は、くノ一』は市川染五郎の主演でテレビドラマ化され人気を博した。2015年、「耳袋秘帖」シリーズ（文春文庫）で第4回歴史時代作家クラブシリーズ賞を、『沙羅沙羅越え』（KADOKAWA）で第21回中山義秀文学賞を受賞した。「この時代小説がすごい！ 2016年版」（宝島社）では文庫書き下ろし部門作家別ランキング1位。絶大な実力と人気の時代小説家。本作は「味見方同心」新シリーズ・潜入篇の第5作。

潜入《せんにゅう》 味《あじ》見《み》方同心《かたどうしん》(五) 牛《うし》の活《い》きづくり

風野《かぜの》真《ま》知《ち》雄《お》

2022年12月15日第1刷発行

講談社文庫

定価はカバーに
表示してあります

KODANSHA

発行者――鈴木章一
発行所――株式会社 講談社
東京都文京区音羽2-12-21 〒112-8001
電話 出版 (03) 5395-3510
販売 (03) 5395-5817
業務 (03) 5395-3615

Printed in Japan

デザイン―菊地信義
本文データ制作―講談社デジタル製作
印刷―――株式会社KPSプロダクツ
製本―――株式会社国宝社

ISBN978-4-06-529584-7

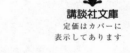

講談社文庫刊行の辞

二十一世紀の到来を目睫に望みながら、われわれはいま、人類史上かつて例を見ない巨大な転換期をむかえようとしている。

世界も、日本も、激動の予兆に対する期待とおののきを内に蔵して、未知の時代に歩み入ろうとしている。このときにあたり、創業の人野間清治の「ナショナル・エデュケイター」への志を現代に甦らせようと意図して、われわれはここに古今の文芸作品はいうまでもなく、ひろく人文・社会・自然の諸科学から東西の名著を網羅する、新しい綜合文庫の発刊を決意した。

激動の転換期はまた断絶の時代である。われわれは戦後二十五年間の出版文化のありかたへの深い反省をこめて、この断絶の時代にあえて人間的な持続を求めようとする。いたずらに浮薄な商業主義のあだ花を追い求めることなく、長期にわたって良書に生命をあたえようとつとめるところにしか、今後の出版文化の真の繁栄はあり得ないと信じるからである。

同時にわれわれはこの綜合文庫の刊行を通じて、人文・社会・自然の諸科学が、結局人間の学にほかならないことを立証しようと願っている。かつて知識とは、「汝自身を知る」ことにつきていた。現代社会の瑣末な情報の氾濫のなかから、力強い知識の源泉を掘り起し、技術文明のただなかに、生きた人間の姿を復活させること。それこそわれわれの切なる希求である。

われわれは権威に盲従せず、俗流に媚びることなく、渾然一体となって日本の「草の根」をかたちづくる若く新しい世代の人々に、心をこめてこの新しい綜合文庫をおくり届けたい。それは知識の泉であるとともに感受性のふるさとであり、もっとも有機的に組織され、社会に開かれた万人のための大学をめざしている。大方の支援と協力を衷心より切望してやまない。

一九七一年七月

野間省一

講談社文庫　目録

川瀬七緒　紅のアンデッド〈法医昆虫学捜査官〉
川瀬七緒　スワロウテイルの消失点〈法医昆虫学捜査官〉
川瀬七緒　フォークロアの鍵
風野真知雄　隠密　味見方同心(一)〈くじらの姿焼き騒動〉
風野真知雄　隠密　味見方同心(二)〈干し卵不思議味〉
風野真知雄　隠密　味見方同心(三)〈幸せの小福餅〉
風野真知雄　隠密　味見方同心(四)〈恐怖の流しそうめん〉
風野真知雄　隠密　味見方同心(五)〈フグの毒鍋〉
風野真知雄　隠密　味見方同心(六)〈鮟鱇の闇鍋〉
風野真知雄　隠密　味見方同心(七)〈絵巻寿司〉
風野真知雄　隠密　味見方同心(八)〈ふふふの麩〉
風野真知雄　隠密　味見方同心(九)〈殿さま漬け〉
風野真知雄　潜入　味見方同心(一)〈恋のぬるぬる膳〉
風野真知雄　潜入　味見方同心(二)〈陰膳だらけの宴《うたげ》〉
風野真知雄　潜入　味見方同心(三)〈五右衛門の鍋〉
風野真知雄　潜入　味見方同心(四)〈謎の伊賀忍者料理〉
風野真知雄　昭和探偵 1
風野真知雄　昭和探偵 2
風野真知雄　昭和探偵 3

風野真知雄　昭和探偵 4
風野真知雄 岡本さとる ほか　五分後にホロリと江戸人情
カレー沢　薫　負ける技術
カレー沢　薫　もっと負ける技術〈カレー沢薫の日常と退廃〉
カレー沢　薫　非リア王
神楽坂　淳　うちの旦那が甘ちゃんで
神楽坂　淳　うちの旦那が甘ちゃんで 2
神楽坂　淳　うちの旦那が甘ちゃんで 3
神楽坂　淳　うちの旦那が甘ちゃんで 4
神楽坂　淳　うちの旦那が甘ちゃんで 5
神楽坂　淳　うちの旦那が甘ちゃんで 6
神楽坂　淳　うちの旦那が甘ちゃんで 7
神楽坂　淳　うちの旦那が甘ちゃんで 8
神楽坂　淳　うちの旦那が甘ちゃんで 9
神楽坂　淳　うちの旦那が甘ちゃんで 10
神楽坂　淳　うちの旦那が甘ちゃんで〈鼠小僧次郎吉編〉
神楽坂　淳　うちの旦那が甘ちゃんで〈寿司屋台編〉
神楽坂　淳　帰蝶さまがヤバい 1
神楽坂　淳　帰蝶さまがヤバい 2

神楽坂　淳　ありんす国の料理人 1
神楽坂　淳　あやかし長屋〈嫁は猫又〉
加藤元浩　捕まえたもん勝ち！〈七夕菊乃の捜査報告書〉
加藤元浩　量子人間《クォンタムマン》からの手紙〈捕まえたもん勝ち！〉
加藤元浩　奇科学島の記憶〈捕まえたもん勝ち！〉
梶永正史　銃の啼《な》き声〈潔癖刑事・田島慎吾〉
梶永正史　潔癖刑事　仮面の哄笑《こうしょう》
川内有緒　晴れたら空に骨まいて
神永　学　悪魔と呼ばれた男
神永　学　悪魔を殺した男
神永　学　青の呪い〈心霊探偵八雲〉
神津凛子　スイート・マイホーム
神津凛子　ママ
加茂隆康　密告の件、Mへ
岸本英夫　死を見つめる心〈ガンとたたかった十年間〉
北方謙三　試みの地平線〈伝説復活編〉
北方謙三　抱影
菊地秀行　魔界医師メフィスト〈怪屋敷〉
桐野夏生　新装版 顔に降りかかる雨

2022年 9月15日現在